Günter Diesel

KOHLENSTAUB
UND
LUSTFLUCHTEN

© 2015 Günter Diesel

Herstellung und Verlag: BoD – Books on Demand, Norderstedt

Umschlagentwurf: G. Diesel

(1. Auflage 2013 / 140 Stück; damaliger Titel „so war's)

Autor - Kontakt: heiro41@web.de

ISBN 9783739214221

GÜNTER DIESEL

KOHLENSTAUB UND LUSTFLUCHTEN

Aus dem Leben eines Saarländers

Ein Wort zum Buch

Als Freund und langjähriger Weggefährte kenne ich Günter schon seit meiner Kindheit. Wir turnten zusammen, bauten gemeinsam unsere Häuser, arbeiteten zusammen im Umweltamt der Stadt Saarbrücken und wanderten über vierzig Jahre mit dem Saarwaldverein durch die Vogesen.

In seinem Buch beschreibt Günter Erlebnisse aus der Kriegs- und Nachkriegszeit die mich – ein Nachkriegskind – sehr beeindruckten. Respekt gewann ich vor seiner Mutter, die über Jahre alleine zusehen musste wie sie mit klammer Kasse und magerer Kost den Jungen alleine groß zog, weil sein Vater jahrelang in Kriegsgefangenschaft war.

Als Sohn eines Bergmannes finde ich Günters Charakterisierung der Bergleute treffend und voller Anerkennung für den Beruf meines Vaters. Doch durch dieses Buch wurde mir auch bewusst, dass saarländische Bergarbeiterfamilien in der Nachkriegszeit Privilegien genossen, die andere Familien nicht hatten.

Seine Bubenstreiche und Abenteuer in der Natur hat mein Freund so authentisch beschrieben, dass mir meine eigenen Erinnerungen lebhaft ins Gedächtnis gerufen wurden.

Günter hat mit diesem Buch seinen künstlerischen Talenten im Malen und Gestalten nun noch einen bemerkenswerten Akzent im Literarischen hinzugefügt. Ich wünsche ihm viel Erfolg und seinen Lesern reichlich Spaß beim Lesen einer interessanten und an vielen Stellen amüsanten Lektüre.

Dr. Wolfgang Dörrenbächer

Inhalt

Kapitel	Seite
1 Anfangstage	7
2 Muttertage	11
3 Bombentage	13
4 Friedenstage	22
5 Hungerzeiten	24
6 Derbe Zeiten	25
7 Konfessions-Chaos	27
8 Kohlen-Gene	30
9 Schlüsselerlebnisse	36
10 Kampftage	44
11 Pitt mischt mit	45
12 Vatertage	51
13 Bischofstage	60
14 Haldenhelden	67
15 Fleischbeschau	72
16 Speckzeitalter	77
17 Brudertage	81
18 Abenteuerzeiten	85
19 Territorialkonflikt	94
20 Arbeitszeiten	108
21 Heim ins Reich	114
22 Wilde Zeiten	119
23 Übermut	126
24 Es wird ernst	130
25 Flirtzeiten	143
26 Holz und Steine	149
27 Lustfluchten	156
28 Vorlesungszeit	173
29 Liebesreisen	183
29 Liebeslegalisierung	194
30 Bis hier hin	197
Bildnachweise	200
Der Autor	201
Weitere Bücher v. G. Diesel	202

Noch vorweg

Vorab bedanke ich mich bei meiner Schwägerin Heidi und meinen Freunden, die mich zur Herausgabe dieses Buches ermunterten.
In meinen Erzählungen habe ich einige Namen geändert. Es sind Namen von Personen bei denen das über sie Geschriebene eventuell peinliche Betroffenheit hervorrufen könnte. Die diesen Personen zugeschriebenen Ereignisse entsprechen aber dennoch dem Geschehenen. Ebenso sind oder waren die genannten Orte real existent.
Einige meiner „Geständnisse" sexuellen Inhalts mögen eventuell auch Frauen oder sensible Leser brüskieren. Ehrlicherweise spiegeln sie aber nichts anderes als die brennende Neugierde und die geheimen Gedanken von fast allen heranwachsenden Männern wieder.
Damit hoffe ich weiterhin als anständiger Familienvater gelten zu können und traue mich das Buch meiner lieben Frau und meinen beiden Töchtern sowie meinem heute geborenen ersten Enkel Felix zu widmen.

23. Februar 2013   Günter

1 Anfangstage

Es ist der 10. Februar 1941. Mein Vater Oswald Diesel ist irgendwo im Krieg in Russland. Es ist kalt in Bildstock, Saar. Eis liegt auf dem Gehweg, den man hier „*Drottwar*" nennt. Das kommt aus dem Französischen, wo es Trottoir geschrieben wird. Meine Mutter Klara, genannt „Klärchen", schlittert vorsichtig über den Gehweg. Ihre Mutter Karoline, genannt „Line-Base", schimpft mit ihr, denn Klara ist hochschwanger.

Am nächsten Tag, dem 11. Februar 1941, gegen 11 Uhr, gebärt Klärchen auf dem Plüschsofa in der Guten Stube meiner Großeltern einen Sohn. „Er wiegt sieben Pfund und von der Sohle bis an den Scheitel ist er 53 cm lang", sagte die Hebamme. Das sagte auch mein Großvater, der Schreinermeister Peter Sattler, dem Standesbeamten auf der Bürgermeisterei in Friedrichsthal. Friedrichsthal ist der unterhalb von Bildstock gelegene Gemeindeteil, in dem das Rathaus steht. Geschlecht, Gewicht, Größe und Name seines Enkels wurden eingetragen

Günter, 4 Monate alt

Meine katholische Mutter hatte zuvor – zur Entrüstung meiner noch viel katholischeren Großmutter Line Base – einen Evangelischen aus dem benachbarten, „gottlosen" Sinnerthal geheiratet. Line knirschte wohl mit den Zähnen, aber wenn ein Kind kommen sollte, dann würde es wenigstens ehelich gezeugt werden. Wird sie wohl gedacht haben und nahm den „gottlosen" Schwiegersohn hin. Schließlich wollte sie nicht noch einmal so etwas Skandalöses wie mit ihrer anderen Tochter „Ännchen", erleben! Die ledige Ännchen hatte nämlich Monate zuvor einen Peter zur Welt gebracht, was für Line wohl ein GAU, ein „Größter Anzunehmender Unfall" war, obwohl Ännchen später Peters Vater heiratete.
Auf den Namen Günter hatten sich Klärchen und Oswald zuvor per Feldpost geeinigt. Oswald wollte keinen "christlichen" Namen. Ein kurzer, unverfälschbarer, nicht abkürzbarer und damals gebräuchlicher, deutscher Name sollte es sein. Sie einigten sich so auf Günter, ohne h, damit er auch wirklich kurz ist. Das kräftige Kind sollte auch keinen Zweitnamen brauchen. Wozu auch? Schließlich hat der Knabe ja dann noch den auf der ganzen Welt bekannten Namen Diesel, und das sollte ausreichen!
Die fromme Line-Base bestand natürlich auch auf der Zwangsrekrutierung des Buben Günter in den Schoß der Römisch-Katholischen Kirche. Klaras Bruder Johannes, ein Jagdbomberpilot, wurde von Line extra von der Front am Schwarzen Meer abgerufen, um sein – also mein – Pate sein zu können. Ordnungsgemäß folgte dann meine Taufe in der Pfarrkirche St. Josef zu Bildstock im Ritus des „einzig selig machenden Glaubens". Die religiöse Prägung, die mir meine Bildstocker Verwandtschaft damit geben wollte, sollte mir später noch vielfältige Probleme bereiten.
Probleme, die die damaligen Protagonisten des Geschehens nie erahnen konnten.

Opa Peter, der Schreinermeister, wurde 1875 geboren. Er war einmetersiebenundachtzig groß und wog gut über zwei Zentner. Anfang des 20. Jahrhunderts gehörte er damit in Bildstock wohl zu den unübersehbaren Gestalten im Ort. Nicht nur auf Grund seiner imposanten Erscheinung war er zeitlebens eine geachtete Person, sondern auch weil er mit achtzehn Jahren „auf die Walz" ging.
Als er 1898 zurückkam, und meine Oma Karoline freite, hatte er „was von der Welt" gesehen. Karoline war stolz auf ihren Peter, doch wollte die nur einmeterachtundfünfzig kleine Frau neben ihm auch nicht übersehen werden. Deshalb verlangte sie beim Durchqueren des Ortes, dass Peter in der Rinne der Straßen ging und sie sich nebenan auf dem Randstein hervortun konnte.

Line, die kleine, rundliche Frau des großen Schreinermeisters, managte alles. Peter schreinerte, baute Möbel und stockte im Jahre 1899 sogar den damals schon 200 Jahre alten Schafstall des Ortsgründers von Bildstock zu einem Wohnhaus mit Schreinerei auf. Line sorgte dafür, dass das Geld beikam, das Peter mit seiner Arbeit verdient hatte.
In ihrem umgebauten und aufgestockten Stall zogen Line und Peter sieben Kinder groß. Damit alle satt wurden, hielten sie im Keller des Hauses auch noch Hühner, Gänse und Ziegen.
Ich soll auf den kurzen Oberschenkeln vor Lines Bauch kaum Platz gefunden haben, wenn sie mich mit Haferschleim fütterte. Als ich zwei Jahre alt war, starb meine Oma Line-Base mit 70 Jahren und kam in den Himmel. Bestimmt!

Soweit das, was Klärchen mir über meine Großeltern und die ersten Jahre meiner frühen Existenz erzählt hatte.

Mein Vater sah mich, und ich ihn, zum ersten Mal, als ich drei Jahre alt wurde. Er kam von der russischen Front und brachte Bonbons mit. Dank der Bonbons ist dieses Ereignis das erste, an das ich mich überhaupt bewusst erinnern kann. Ich stand nackt mit den Füßen in einer Schüssel, die meine Mutter in den großen Spülstein neben dem Fenster in der Küche gestellt hatte. An der Wand war ein rahmenloser Spiegel angebracht, über dem eine Glühbirne gelblich leuchtete.

Ein Mann, mein Vater, stand neben dem Spülbecken und sah meiner Mutter zu, wie sie mich mit einem Waschlappen abwusch. Dann wickelte er längliche Bonbons aus Papierchen heraus und gab sie mir. So etwas hatte ich noch nie zuvor gegessen. Sie waren köstlich und die Papierchen waren auch schön, weil auf ihnen Erdbeeren und Himbeeren abgebildet waren.

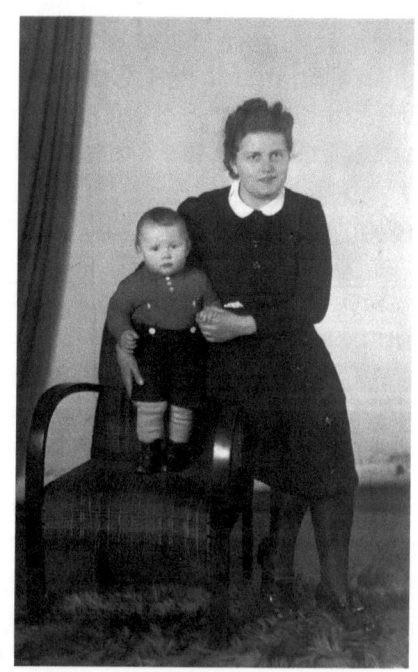

Klara und Günter

2 Muttertage

Oswald zog noch mal in den Krieg, und Klara zog aus ihrem Elternhaus aus. Sie zog mit mir um, in die Dachgeschoßwohnung eines 4-stöckigen Neubaues neben Oswalds Elternhaus in Sinnerthal. Die Eltern meines Vaters, genauer gesagt meine Großmutter Maria Diesel, genannt Marie, hatten dort einen kleinen Kolonialwarenladen. Mein Großvater Karl Diesel war ebenfalls Schreiner und Zimmermann. Er arbeitete auf der Kohlengrube. Karl und Maria gehörten in der kleinen Ortschaft zum besseren Mittelstand und hatten den Neubau an ihr „Geschäftshaus" angebaut.

Die Diesels waren rechtschaffene Leute, aber nach Line-Bases Ansicht lebte Klara jetzt ja unter den „Gottlosen". Alle Mitglieder der Familie Diesel, nein, sogar fast der ganze Ort Sinnerthal, waren evangelisch. Was sollten diese Protestanten nun aber ihrerseits mit Klara anfangen? Nach Sinnerthaler Ansicht hatte sie doch den falschen Glauben, weil sie katholisch war. Gut, immerhin war sie die Mutter von Oswalds Sohn. Und Oswald, das Nesthäkchen unter den Diesel-Geschwistern Lina, Fritz und Henriette, war für die Eltern Marie und Karl der Familienstolz.
Oswald gewann natürlich auch durch mich noch an Ansehen. Ich war schließlich der Garant für die Weiterführung des Namens Diesel. Mit Lina, verheiratete Ulrich, und Henriette, genannt *Jättschen,* verheiratete Müller, war das ja nicht möglich. Und zudem hatten beide auch noch „nur" Töchter.
Sohn Fritz, auf den man Hoffnung gesetzt hatte, hatte mit seiner Luise gar keine Kinder. Also war Oswald der, der dafür sorgte, dass der Familienname in die Enkel-Generation hinübergerettet wurde.

Klara zollte man leidlichen Respekt. Ich aber wurde Hahn im Korb. Besonders bei meinen damals schon 12- bis 15-jährigen Kusinen. Der Respekt bewahrte Klara aber nicht vor den kleinen religiösen Sticheleien, die ihr ihre Schwägerinnen zuteil werden ließen. Wie ich meine Mutter verstand, konnte sie das jedoch nicht wirklich anfechten. Schließlich brauchte jemand, der eine "Mischehe" eingegangen war und sich damit sogar der Gefahr einer Exkommunizierung ausgesetzt hatte, den Katholizismus nicht sonderlich zu verteidigen. Sie trug ihr Außenseiterdasein in Sinnerthal mit Gleichmut. Was sie aber nicht vermeiden konnte, war, dass der evangelische Klan durchsetzte, dass ich wieder evangelisch umgetauft wurde. Wie sollte denn ein katholisches Kind auf den Straßen von Sinnerthal überleben können!

Fritz, der Bruder Oswalds, bezweifelte das auch. Und obwohl er ein überzeugter Atheist war, stellte er sich als Pate zur Verfügung. Er war nicht im Krieg und wohnte gegenüber des „Geschäftshauses." Seine Frau Luise versuchte mich in den folgenden Jahren immer patentantlich zu bemuttern, was ihr aber kaum gelang, da sie keine Erfahrung mit Kindern hatte. Ihre linkischen Versuche führten allerdings zu einem Spannungs-Verhältnis zwischen ihr und Oswalds Schwestern.

Klara und ich lebten etwas isoliert, aber zufrieden in der Dachwohnung über all dem. An den hölzernen Spielzeug-Segelflieger, der in unserer Wohnung an der Küchen-Lampe hing, kann ich mich auch noch erinnern. Er stammte aus der Rhön von der Wasserkuppe und war ein Geschenk von Klaras Schwester Ännchen. Sie wohnte mit ihrem Sohn Peter in der Rhön und arbeitete dort als Kranken-Schwester. Peters Vater war Metzger-Innungs-Meister und ich glaube an Fleisch hatten sie keinen Mangel.

Klara hatte vor meiner Geburt auch einige Monate in der Rhön zugebracht. Wie viele Saarländer war sie dorthin evakuiert worden. Vor der Hochzeit mit Klara war Oswald wohl auch mal dort. Das fand ich nämlich später heraus, als ich vom Datum meines Geburtstages neun Monate zurück rechnete. Die Rechnung ergab Anfang Mai, aber geheiratet hatten sie Anfang Juli. Ja, die keusche Klara! Die mit über 20 noch dachte, vom Küssen bekäme man Kinder.
Das war natürlich auch die Schuld meiner Oma Line. Sie zog ihre Töchter Martha und Klara in konsequenter Warnung vor Männern groß. Sie soll auch hinsichtlich einer Männerbekanntschaft immer gesagt haben: „*E Jòhr gewaad, ìss e Kind geschbard*". Und das sagte Line, die – nachdem sie zwanzig war – sieben bekommen hatte!

Trotz Line-Bases Abstinenz-Erziehung passierte der Martha mit 37 und der Klara mit 29 Jahren das Kinderkriegen ja dann doch noch! Nur gut, dass Line nie nachgerechnet hatte, wann Klara ihren ersten kindbringenden Kuss von Oswald bekommen hatte. Dann wäre sie darauf gekommen, dass das vor Klärchens Eheschließung gewesen war.

3 *Bombentage*

1944 häuften sich die Tage, an denen amerikanische Bomber über Sinnerthal flogen. Nur zwei Kilometer entfernt befand sich nämlich ein Ziel von strategischer Bedeutung, die Eisen-Hütte von Neunkirchen.
Klara, ihre Schwägerinnen, meine Kusinen und ich mussten sich immer häufiger im Luftschutzbunker in Sicherheit bringen.

Weihnachten feierten wir bei Oma und Opa – evangelisch – in Sinnerthal. Ich erinnere mich noch an das viele Lametta, die silbrigen Vögel und die bunten Äpfel aus Glas am Weihnachtsbaum.

Opa, Enkel und Oma, Sinnerthal, Weihnachten 1944

In Bildstock war mein Opa Peter alleine, als er die Nachricht erhielt, dass sein Sohn, mein katholischer Patenonkel Johannes, von den Russen überm Schwarzen Meer abgeschossen worden war. Am zweiten Weihnachtstag fuhren Klara und ich mit der Eisenbahn zu meinem Opa nach Bildstock, um dort katholische Weihnachten zu feiern. Dass wir nach Bildstock fuhren – katholisch hin, evangelisch her – hatte Gott auf jeden Fall gut eingefädelt. Denn wären wir in Sinnerthal geblieben, wären wir tot gewesen!

Am zweiten Weihnachtstag 1944 fiel eine Bombe auf Diesels „Neubau", in dessen Dachgeschoss ich mit meiner Mutter wohnte. Das Haus stürzte bis auf die Grundmauern zu einem großen Steinhaufen zusammen.

Wären wir also nicht zu Opa Peter nach Bildstock gefahren, wäre von Klara und mir nichts mehr übrig geblieben.

Tante Jättschen, die mit den Töchtern Rosel und Ruth im Erdgeschoß des Neubaus wohnten, hatte auch Glück. Sie feierten mit Lina, aus dem: „Geschäftshaus" nebenan, und deren Tochter Thea im Bunker Weihnachten. Das benachbarte Geschäftshaus wurde bei dem Luftangriff kaum beschädigt. Dort lag meine Oma Marie krank zu Bett. Opa Karl saß wohl an dem Feiertag neben ihr am Bett. Beide konnten, wegen Omas Kranksein, nicht wie alle anderen in den Luftschutzbunker flüchten. Der Explosionsdruck der Bombe war so heftig, dass Karl 10 Meter weit zum Fenster hinaus in den Garten flog. Marie muss wohl sofort tot gewesen sein. Opa Karl kam schwer verletzt ins Krankenhaus und starb einen Tag später. Klara und ich hatten überlebt, aber unsere Wohnung war zerstört. „Total fliegergeschädigt" nannte man das. Ohne irgendein Möbelstück, ohne weitere Kleidung, Hausrat, Papiere usw. – natürlich auch ohne Holzflieger – standen wir jetzt wieder in Bildstock. Aber wir fanden hier ja ein uns vertrautes Zuhause wieder.

Mein Opa Peter freute sich bestimmt darüber, dass er jetzt mit Klara noch mal eine Frau im Haushalt hatte. Ganz alleine war Peter nach Lines Tod aber nicht, denn im ehemaligen Schafstall hatte er doch 1900 seine Werkstatt eingerichtet und jetzt führte sein Sohn Karl dort die Schreinerei weiter. Schreinermeister Karl wohnte auch im Ort. Seine Frau Maria kümmerte sich, vor Klaras Rückkehr in ihr Elternhaus, um ihren Schwiegervater Peter.
In Bildstock wurde ich noch einmal ein Opa-Liebling. Ich trug zwar seinen Namen nicht weiter, aber er bekam meine Fleischration.
Auch kleine Kinder bekamen im Krieg auf Lebensmittel-Marken eine Portion Fleisch pro Woche. Das Fleisch schien jedoch Suppenfleisch von alten Kühen zu sein.

Es war zäh und langfaserig. Ich wollte es nicht essen, weil es mir immer zwischen den Zähnen hängen blieb. Also bekam es mein Opa Peter. Er freute sich über die zusätzliche Portion. Bei ihm verfing sich das zähe Zeug nicht zwischen den Zähnen. Wie auch, denn ich erinnere mich daran, dass unter seinem rot-gelben Schnurrbart nur noch hie und da ein Zahn zu sehen war.
Wie er aber das Fleisch runter bekommen hatte, blieb mir schleierhaft. Jedenfalls bedankte sich mein Opa immer sonntags bei mir, wenn die Bildstocker in die Kirche strömten. Dann nahm er mich bei der Hand und ging mit mir ins Wirtshaus Wagner. Er setzte mich auf seinen Schoß und bestellte einen Krug Bier. Bevor er seinen Schnurrbart in den Bierschaum tauchte, durfte ich einen Schluck aus dem Krug nehmen.

Das war vielleicht ein lieber Opa!

Die fromme Line war ja nicht mehr da, und für Opa Peter hatten nun die Gebetbücher Henkel.

Klara, mit Günter, Opa und Karl Sattler vorm Haus

Dem Sattler Peter war es wohl auch egal, welcher Religionsgemeinschaft man mich momentan zuordnete. Doch seine Tochter Klara plagten Gewissensbisse.

Der Pfarrer teilte meiner Mutter mit, weil sie einen evangelischen Mann geheiratet hätte und dazu noch Mutter eines evangelisch umgetauften Kindes sei, dürfte sie nicht mehr an der heiligen Kommunion teilnehmen. Da schaltete Klara auf beleidigt. Sie trennte sich zwar nicht ganz von ihrem Glauben, ging aber auf Distanz zu den Papstvertretern.

Ihr Vater Peter wurde krank und lag wie ein schwerer Baum im Bett. Im Bett nebenan lag sein Enkel Günter. Wir beide hatten Lungenentzündung. Hatte Mangelernährung unsere Abwehrkräfte geschwächt? Proteine waren in dem zähen Rindfleisch oder den kargen Kohl- und Kartoffelsuppen dieser Tage ja kaum enthalten.

Anfang 1945 fielen auch Bomben auf Bildstock. Sie waren Fehlwürfe, denn eigentlich sollten sie das nahe gelegene Eisenwerk in Neunkirchen treffen. Opa und ich waren ja krank und Klara konnte nicht mit uns in den Luftschutzbunker laufen. Klara ging mit mir in die Schreinerwerkstatt und wir suchten Schutz im Spänelaufen unter dem dicken gusseisernen Tisch der Hobelmaschine.

Als Klara das dem alten Schreinermeister erzählte, schimpfte er mit ihr. Er machte ihr klar, dass wir beide tot wären, wenn nur ein Stein auf die Platte fiele. Dann bräche die schwere, gusseiserne Platte un-weigerlich ab und würde auf uns fallen. Darauf hin ging Klara mit mir in den alten Kellerteil des Hauses auf der Berg- und Straßenseite. Hier, zwischen den dicken Bruchsteinmauern, fühlte sie sich sicher. Sie machte mir ein Bett in einer Zinkwanne. Dann stellte sie zwei Stühle gegeneinander auf, legte zwei Bretter darüber und machte sich ihr Bett darauf.

Durch die schmalen, unter der Decke liegenden Kellerfenster zur Straße hin konnte ich am Nachthimmel helle Blitze beobachten. Es donnerte auch laut. Dann gab es einen ohrenbetäubenden Knall und ein Blitz tauchte das Innere unseres Kellerraums in ein helles Licht. Das Schulhaus auf der anderen Straßenseite war von einer Bombe getroffen worden. Das große Haus war in seiner Mitte breit aufgerissen worden und sein hölzernes Treppenhaus brannte lichterloh. Zwei Personen, die dort im Dachgeschoß wohnten, starben bei der Explosion. Es geschah nur wenige Meter gegenüber unseres „bombensicheren" Schutzkellers. Mensch, was hatten Klara, ich – und mein Opa – wieder für ein Glück gehabt!

Nach Tagen aufopfernder Krankenpflege durch Klara meinte Doktor Ziehmann: „Der Kleine kommt durch, aber der alte Herr schafft es nicht mehr." Opa Peter starb 1945, wenige Tage vor seinem 72. Geburtstag, neben mir im Bett, aber nicht an Lungenentzündung, sondern an einer Embolie infolge einer Thrombose. Mir blieb die Lungenentzündung. Doktor Ziehmann sagte zu Klara: „Der Junge muss aus dem Bett heraus, sonst wird er zu faul zum Atmen." Eine Gemeindeschwester gab Klara den Tipp wie sie mich wieder zum Durchatmen bringen konnte. Klara stellte mich in der Küche nackt in die schon erwähnte Zinkwanne und übergoss mich, ohne Vorwarnung, mit einem Kübel voll eiskaltem Wasser. Da habe ich dann aber voll durchgeatmet!

Die böse Schwester wollte dass meine Mutter das dreimal mit mir machte. Klara stellte die Wanne noch zweimal in die Küche. Jedes Mal stockte mir der Atem. Und nur unter größter Mühe gelang es meiner Mutter, mir wieder einen kalten Guss zu verpassen.

Das half zwar die Lungenentzündung zu besiegen, doch war ich so schwach auf den Beinen, dass ich danach wieder laufen lernen musste.

Als ich wieder einigermaßen gut zu Fuß war, entschloss sich Klara, bei Fliegeralarm mit mir in den Luftschutz-Bunker zu laufen. Im Hausberg von Bildstock, dem Hoferkopf, befand sich ein verzweigtes Stollensystem, das zu Luftschutzbunkern ausgebaut war. Man konnte durch mehrere Zugänge in die Stollen gelangen. Der nächstliegende Zugang befand sich in unserer Straße, nur 200 m weit von unserem Haus entfernt.

Ein nächtlicher Bombenalarm brannte sich besonders tief in mein Gedächtnis ein. Die Sirenen heulten. Klara packte eine Wolldecke, ein paar Papiere und sonstige Sachen sowie einen Milchkessel, und wir stürmten aus dem Haus. Der Milchkessel diente zum Suppefassen, denn in den mit Bänken und Holztischen ausgestatteten Stollen wurden die Schutzsuchenden mit Suppe und Brot versorgt. Klara gab mir den Milchkessel in die eine Hand und fasste mich an der anderen. Dann rannte sie, mich hinter sich her ziehend, über das nieselregennasse Kopfsteinpflaster. Der Mond schien fahl hinter Wolkenschleiern hervor, und das Kopfsteinpflaster glänzte. Nach den Sirenen war es relativ still. Man hörte nur noch unsere Schritte auf dem Pflaster und das gleichmäßige Brummen der Bomber oben am Nachthimmel. Die Bomber entließen wieder ihre an Fallschirmen niederschwebenden Leuchtkörper. Die Bombenwerfer wollten ja sehen, was da unten los war. Es wurde fast taghell. Ich hatte panische Angst die da oben könnten mich entdecken. Klara lief noch schneller Richtung Bunkereingang. Kurz vor dem Bunker stolperte ich und der Milchkessel flog in hohem Bogen auf das Kopfsteinpflaster. Es schepperte markerschreckend! Ich pinkelte mir in die Hose vor Angst. Ich dachte, jetzt hätten die oben im Bomber den Lärm gehört und wären auf mich aufmerksam geworden. Jetzt würden sie eine Bombe auf mich werfen.

Im Bunker beruhigte mich Klara mit der Versicherung, die hätten nichts gehört, weil die Bomber selbst so laut seien. Übrigens, den Milchkessel habe ich heute noch.

Nach den Kaltwassergüssen war meine Aversion gegen die Zinkwanne so ehern, dass ich mich dem samstäglichen Warmwasser-Bad in der Wanne wochenlang stur widersetzte. Aber es half nichts, der Samstag war Badetag, und Klara war stärker als ich. Samstags wurde auf dem Küchenherd im großen, roten Einwecktopf Wasser warmgemacht und in die auf dem Küchenboden stehende Wanne gegossen. Dann setzte Klara mich in die Wanne und schruppte mich mit Kernseife ab, mit der sie äußerst sparsam umging.
Denn ein solches Produkt war knapp, und damit musste sie ja auch noch die Wäsche waschen.
Wenn Klara mich dann wieder sauber hatte, legte sie mich ins Bett und stieg selber in die Wanne. Und in das selbe Wasser!
Die Seife wurde immer knapper. Doch, in der Not wird der Mensch erfinderisch, heißt es. Irgendjemand baute aus Zinkblech einen Seifen-Sieder, mit dem konnte man aus Knochen Seife machen.
Wenn man Knochen hatte

Günter beim Samstagsbad

In der Schreinerei gab es nur Hobelspäne, keine Knochen. Und wenn, dann kochte Karl Leim daraus. Aber Klara wusste sich zu helfen. Im „Konsum" kaufte sie Salz-Heringe aus dem Holzfass. Von den Heringen blieben die Gräten übrig. Und als Knochenersatz eigneten die sich ja auch zum Seifemachen. Oh Gott, heute steckt mir noch der Duft dieser Seife in der Nase!

Unten, in dem Wald vor Neunkirchen, beim Emsenbrunnen, war ein amerikanischer Flieger abgestürzt. Hunderte neugierige Bildstocker rannten an die Absturz stelle. Irgendjemand hatte mich dorthin mitgenommen. Ich erinnere mich daran, dass viele Bäume wie abrasiert aussahen. Und an einen großen Haufen glänzendes Blech, aus dem Qualm aufstieg. Auch daran, dass mich ein Schauder überlief, als jemand sagte in dem Schrott läge ein toter Pilot.

Unweit der Absturzstelle befand sich die alte Kohlengrube Emsenbrunnen. Hier gab es, außer wenigen Steinhäusern, auch hölzerne Baracken. In den Baracken waren russische Kriegsgefangene untergebracht, die in den umliegenden Gruben arbeiten mussten.

An manchen Tagen wechselte ihr Einsatzbereich. Dann marschierten sie – eskortiert von Wehrmachts-Soldaten – in einer langen Vierer-Reihe an unserem Haus vorbei. Vom Emsenbrunnen ging es zur Grube Westschacht. Die hungernden Gefangenen bastelten aus *Schießdrohd* (Zünd-Draht, der zum Sprengen benötigt wurde) allerlei Spielzeug. Sie wollten die Sachen im Vorbeigehen bei den Leuten, die am Straßenrand standen, gegen etwas Essbares eintauschen.
Ein Gefangener hatte aus rotem Draht ein kleines Körbchen gebastelt, das es mir angetan hatte. Ich riss es ihm aus der Hand und lief weg.

Er schimpfte, konnte mir allerdings nicht folgen, weil ein deutscher Wachsoldat ihn daran hinderte.
Als ich das Körbchen meiner Mutter zeigte, wurde sie richtig böse. Und als sie mir erklärte, dass der Mann dafür ein Stück Brot wollte, habe ich mich doch gewaltig für den Raub geschämt. Und es tut mir heute noch leid.

Viele dieser Kriegsgefangenen kehrten nicht in ihre Heimat zurück. Sie verunglückten unter Tage oder starben in dem Barackenlager. Sie wurden nahe im Wald auf dem so genannten Russenfriedhof beerdigt.

4 Friedenstage

Deutschland kapitulierte. Der Krieg war aus. Vom Bildstocker Marktplatz her breitete sich ein laut rasselndes Geräusch aus. Ich stand neugierig auf der Straße vor unserem Haus. Klara rief mich mit den Worten. „Komm ins Haus zurück, da kommen viele schwarze Männer", Damals war der „Schwarze Mann" das Synonym für einen Übeltäter. Mit der Schwarzemann-Drohung versuchte man Kinder in Schach zu halten.
Doch wie der "Schwarze Mann" tatsächlich aussah, wollte ich schon immer mal wissen. Gespannt blieb ich auf der Straße stehen, als das Rasselgeräusch, das schwarze Männer verursachten, immer näher kam.
Dann sah ich sie: große schwarze Männer, die ganz weiße Zähne im Mund hatten. Sie saßen breit lachend auf Panzern, die auf mich zurollten.
Ein Panzer stoppte neben mir. Einer der amerikanischen Soldaten beugte sich zu mir hinab, sagte etwas, was ich nicht verstand, und gab mir eine Hand voll Bonbons. Dieser lachende schwarze Mann sollte gefährlich sein?

Nein! Deine Mutter hat dich die ganze Zeit belogen, dachte ich. Dass der Mann ein dunkelbraunes Gesicht und ebensolche Hände hatte fand ich schon seltsam, doch erschreckte mich das nicht. Vielmehr bekam ich einen Schreck, als der Mann mit seinen weißen Zähnen in eine große Zwiebel biss, gleich so als wäre sie ein Apfel. Und noch mehr erschreckte es mich, als sich zwischen den Zähnen seines Kameraden nebenan eine rosa Blase bildete, die, als sie faustgroß war, zerplatzte.
Hatte sich bei dem Schwarzen etwa die Zunge so weit aufgebläht, dass sie zerplatzte?
Siehste, dachte ich, das kommt vom Zwiebelessen!
Das war noch nicht das Ende meiner erschreckenden Begegnung. Der Kamerad fasste sich zwischen die Zähne und zog die rötlichen Überreste seiner geplatzten Zunge aus dem Mund hervor! Au weia!
Und das schien dem Kerl noch nicht einmal wehgetan zu haben. Er lachte sogar laut, als ich schnell zu meiner Mutter lief. Klara sagte: „Lass mal sehen was der dir denn gegeben hat." Unter den *Gudzjà* (Bonbons) war auch ein flaches, in Silberpapier eingewickeltes Bonbon. Klara packte es aus und sagte: „Siehst du, das ist *Schewingum,* darauf kannst du lange herumkauen, ohne dass es kaputt geht. Das hat der Soldat auch gekaut. Das ist gut für die Zähne. Dann werden deine Zähne sauber und weiß. Das kann man auch wie einen Luftballon aufblasen."
Ich meinte dazu nur: „Auch wenn ich mir die Zähne nicht mehr zu putzen brauche will ich das Zeug nicht kauen, denn davon wird man auch ganz schwarz im Gesicht."
Die Amerikaner zogen weiter in die Pfalz und von dort weiter bis nach Bayern.
Bei uns richteten die Amerikaner sofort eine US-Gruben-Kommission, die „US Saarmining Mission", ein. Sie bemühten sich, z. T. mit Zwangs-Rekrutierung, um Grubenarbeiter.

Sie führten die Bergarbeiter-Verpflegung ein, damit kräftige Männer viel Kohle machen konnten. Sie drohten aber auch mit Haftstrafen, wenn jemand nicht zur Schicht kam. Sie kurbelten den Bergbau wieder an, weil Süddeutschland mit saarländischer Kohle versorgt werden musste. Denn die Versorgung mit Ruhrkohle war zusammengebrochen.
1945, im Juli, rückten die Franzosen nach und besetzten das Saarland. Zunächst brach eine Zeit der Lebensmittelknappheit an. Von den deutschen Versorgungsstrukturen wurden wir 1946 ganz abgeschnitten. Nur die Kohlenzüge von uns nach Süddeutschland passierten die Grenze zur Pfalz.

5 Hungerzeiten

Die Grenze nach Lothringen wurde erst 1947 geöffnet. Die Franzosen brauchten lange, um bei uns eine ausreichende Versorgung mit Bedarfsgütern aufzubauen. Die ohnehin stark aus Nebenerwerbs-Betrieben aufgebaute saarländische Landwirtschaft hatte kaum Saatgut und viele Ackerflächen waren vermint.
Was die Franzosen am Saarland immer schon interessierte, war nur unsere Kohle. Sie übernahmen sofort die Gruben, die die Amis 1945 wieder angefahren hatten. Da viele jüngere Männer immer noch in Gefangenschaft waren und viele Bergmänner vermisst oder sogar gefallen waren, fehlte es nach wie vor an Arbeitskräften.
Die Französische Régie des Mines de la Sarre lockte daher mit guten Löhnen alte Schulmeister, Juristen und sogar Pfarrer unter Tage. Deren Familien ging es verhältnismäßig gut. Klara und ich litten Hunger. Deshalb zog es Klara manches Mal tagelang weg aus dem Saarland, denn sie ging auf Hamsterfahrt.

Was in der Hinterlassenschaft meiner Großeltern an Geschirr, Uhren, Schmuck und Teppichen entbehrlich war, packte sie zum Tausch gegen Kartoffeln in einen Rucksack und machte sich auf den Weg. Wenn sie zum Bauer „*Gevaddà Matz*" nach Gresaubach im mittleren Saarland fuhr, schaffte sie noch die Rückkehr am selben Tag.
Aber Klara fuhr auch zusammen mit anderen Frauen nach Bayern. Schon die „US Mining Mission" legte besonderen Wert darauf, den damaligen Agrarstaat mit saarländischer Kohle zu versorgen. Und die Franzosen wollten daran verdienen. Bei den Hamsterfahrten kletterten die Frauen nachts auf die Kohleladungen dieser Güterzüge und fuhren so bis in den Bayerischen Wald. Das Reisen auf den Kohlehaufen war nicht nur gefährlich, sondern die Frauen riskierten dabei auch von den Amerikanern entdeckt und wegen Schmuggel und Schwarzhandel eingesperrt zu werden. Meine Mutter erzählte mir, dass sie panische Angst davor hatte ins Gefängnis zu wandern und ihren kleinen Günter, der „alles war was sie noch hatte", alleine zu lassen.

6 *Derbe Zeiten*

Alleine hatte sie mich jedoch nie zurück gelassen. Vor ihren Hamsterfahrten brachte sie mich in Obhut zu ihren Schwägerinnen nach Sinnerthal. Tante Jättschen wurde zeitweise zu meiner Zweitmutter. Sie wohnte nun, nach dem Bombenfall, im Erdgeschoß des 4-geschßigen, unversehrt gebliebene „Geschäftshauses".
Jättschens Mann war gefallen und ich schlief in seinem frei gewordenen Bett. Jättschen war eine ganz liebe Ersatzmutter. Sie war gemütlich, klein und rund, ähnlich meiner verstorbenen Oma Line-Base.

Jättschen hatte allerdings etwas an sich, das ich nicht schätzte. Sie mied es für „kleine Geschäfte" nachts auf die Haustoilette zu gehen.
Alle Toiletten befanden sich nämlich an der Hausrückseite in einem mehrstöckigen Anbau. Sie waren jeweils von Treppenpodesten aus zu erreichen. Jättschen hätte nachts durch den Flur eilen müssen um dann, eineinhalb Stockwerke höher ihre Toilette aufsuchen zu können.

Im Grunde konnte ich ihre Abneigung, diese Toilette nachts aufzusuchen, sogar verstehen, denn der Abort hatte keinen Wasserverschluss. Das Fallrohr führte bis in den Garten hinunter, und durch das Rohr zog dem Benutzer, der auf der Brille saß, ein kühler und unangenehm riechender Luftstrom ans Gesäß. Deshalb hatte meine Tante fürs nächtliche Müssen einen derben Putzeimer neben ihrem Bett stehen. Und wenn sie den benutzte, rappelte es so im Blechkübel, dass ich davon wach wurde.
Das weckte stets meine jugendliche Neugierde, so dass ich über die Bettdecke lugte, um zu sehen wie Frauen rappelnd pinkeln konnten, ohne dass sie das im Stehen machten. Natürlich sah ich nichts, und meine Neugierde, das raus zu bekommen, sollte jahrelang anhalten.

Übrigens, das Pinkeln im Stehen war bei den kleinen Jungs eine Wettkampfdisziplin. Es galt darum zu sehen wer dabei an der Hauswand am Höchsten kommt.
Ich weiß nicht was sie antrieb, aber diese „Sportart" trugen Jungs in verschiedenen Versionen auch später auch noch aus. War es ein genetisches Rudiment der vormenschlichen Reviermarkierung?

7 Konfessions-Chaos

Kurz vor dem Einschulen mit sechs Jahren stellte man sich in Bildstock die Frage: In welche Schule stecken wir den Günter denn?". Der evangelische Oswald war in russischer Gefangenschaft und konnte nicht mitentscheiden.
Sinnerthal wurde nicht gefragt. Also entschied die katholische Verwandtschaft meiner Mutter, dass ich in die katholische Schule gehen sollte. Dazu musste ich jedoch katholisch werden! Das hieß: noch mal katholisch umgetauft werden. Mein Bildstocker Onkel Karl, der Bruder meiner Mutter, der unten im Haus die Schreinerei hatte, wurde mein dritter Pate.
Natürlich fand das in Sinnerthal keine Zustimmung. Tante Jättschen, bei der ich trotz der Konversion gerne übernachten durfte, machte aber nicht viel Aufhebens davon. Bei Tante Lina war das anders. Sie hatte den Bekenntniswechsel nicht so schnell verschmerzt. Oft ließ es sich Lina nicht nehmen, dabei zu sein, wenn ich bei Jättschen zu Bett ging. Dann stand sie vor dem Bett und fragte, ob ich auch schon mein Gutenacht-Gebet gesprochen hätte. Dabei betete ich nie vor dem Einschlafen. Gebete interessierten mich nicht. Infolge der Todsündendrohung, die Klara erfahren hatte, kühlte deren Engagement für meine katholische Erziehung bis auf die Vermittlung allgemeinchristlichen Verhaltens ab.

Und das war alles, was bei mir hängenblieb. Also lag ich, ohne zu verstehen, was meine Tante wollte, vor ihr im Bett. Nachdem ich stumm blieb, betete Lina mir folgendes vor: *„Heilische Muddà Gottes, leck misch am Bobbes."*
Das fand ich dann doch ungehörig, und Lina sank gehörig in meiner Beliebtheitsskala.

Ganz anders war das mit Linas Mann, Karl Ulrich, dem dicken Dorfpolizist von Sinnerthal. Karl war auch Atheist, konnte aber augenzwinkernd zu jedem Ereignis einen Bibelspruch zitieren.
Der Dicke verwöhnte mich mit außergewöhnlichen Leckereien wie Senfaufstrich auf Ziegenmilch-Butter-Broten. Er hielt im Keller außer Geißen, Schweinen und Hühnern auch Kaninchen. Besonders die Kaninchen hatten es mir angetan. Sogar so sehr, dass ich zu ihnen in den Stall kroch. Stunden danach suchten mich die gesamte Verwandtschaft, doch keiner schaute in den *Haaseschdall (Kaninchenstall)*.
Als man mich gefunden hatte, machte Klara ihren Schwägerinnen heftige Vorwürfe, weil meine Kleider nach Kaninchenkot stanken und ich im Stall hätte verhungern können. Dabei hatten die Kaninchen doch ihre Möhren mit mir geteilt.
Der Ulrich Karl war ein toller Onkel. Der konnte zwei Eisenteile zusammenschweißen, indem er sie rotglühend machte, beide Teile übereinander auf den Amboss legte und ganz fest mit einem dicken Hammer darauf schlug. Voller Stolz war ich, wenn ich dabei ein Eisen festhalten durfte.
Karl, der Polizist, konnte auch besser Hühner schlachten als Klaras Bruder Peter Junior. Obwohl der doch in Hühnerfeld wohnte. Ich war einmal dabei, als der Hühnerfelder Peter ein Huhn mit dem Hals auf den Hauklotz legte und ihm mit einem Beil den Kopf abschlug. Danach flatterte das enthauptete Huhn so heftig, dass Peter es los ließ. Kopflos flog es noch gute zehn Meter weit hinaus in den Garten.
Weil dem Ulrich Karl soetwas nie passierte, sagte ich zu meinem Onkel Peter: *„Mei Ongel Ulrisch Karl holld die Hiehnà immà an dà Bäähn unn schlängadd se dòrsch die Luft, bevòr'à ne de Kobb abhaud. Dann werre s'e so drunge, dass s'e nimmeh fliehje känne."*

(Mein Onkel Karl Ulrich fasst die Hühner immer an den Beinen und schleudert sie durch die Luft, bevor er ihnen den Kopf abhackt. Danach sind sie so benommen, dass sie nicht mehr fliegen können).
Natürlich ging ich auch in den Kindergarten und zwar an historischem Ort! Vor rund 120 Jahren gründete der Bergmann Nikolaus Warken, genannt „Eckstein", mit gleichgesinnten Kumpeln gegen den Widerstand des mit Haft drohenden preußischen Bergfiskus die erste Bergarbeitergewerkschaft Deutschlands. Sie bauten sich in Bildstock aus eigenen Mittel den „Rechtschutzsaal". Backstein für Backstein schufen sie sich diese Versammlungsstätte, weil Preußen ihnen in anderen Räumen Versammlungs-verbot erteilte. In diesem ersten Gewerkschaftshaus Deutschlands ging ich in den Kindergarten.

Rechtschutzsaal Bildstock (heute Gasthaus)
Heute ist das Gebäude ein bedeutendes saarländisches Baudenkmal. In diesem Denkmal, in dem Kindergärtnerinnen mir die ersten hochdeutschen Sätze einbläuten.

In diesem Denkmal hatte ich Jahrzehnten danach einmal die Ehre, eine Hommage auf die Bergleute zu halten.

8 Kohlen-Gene

Das Selbstbewusstsein und der Stolz der hart arbeitenden Bergleute und der Bergbau generell, hatten maßgeblichen Einfluss auf die Menschen in unserer Region. So auch auf meine Entwicklung, denn, wenn man unmittelbar über der Kohle geboren wurde, dann war man dem Einfluss des Kohlenbergbaus unvermeidbar und immer ausgesetzt gewesen. Dann grub sich die *Gruub* (Kohlen-Grube) sozusagen in deine Gene ein. Der Bergbau berührte fast alle Lebensbereiche der Menschen, die im Saarland wohnten, und damit formte er ihren Charakter. Ja, er förderte bei den Saarländern die Herausbildung einer eigenständigen, regionalen Identität. Das Wort „Kohle" hatte für alle hier lebenden etwas Mystisches an sich. Kohle bedeutete Brot. Bedeutete Arbeit.

Meine erste Erinnerung an Kohle ist allerdings profaner. Ich hatte sie aus dem Kohlenkasten unter dem Küchenherd ausgeräumt und auf dem Linoleum in unserer Küche verteilt. Das erfreute meine Mutter gar nicht. Sie schimpfte: *„Hann mà nedd schunn genuch schwarzà Drägg uff dà Fennschdàbangk? Muschd du jetzd aach noch Berschmann enn dà Kisch schbiele!"* (Haben wir nicht schon genug schwarzen Dreck auf der Fensterbank? Musst du jetzt auch noch Bergmann in der Küche spielen!) Das ging ja noch, aber als ich versuchte Kohle auch zu essen, verhängte sie ein rigoroses Kohlenkasten-Kohle-Förderverbot.

Im August 1947 kam ich in die 1.-Klasse der Katholischen Volksschule in Bildstock. Unser erster Lehrer war ein Franzose und hieß Tabillon.

Tabillon wollte aus uns Franzosen machen. Wir wollten damals – noch geprägt durch das Stigma „ Erbfeind" – aber alles sein, nur keine Franzosen. Doch kaum dass wir auf der Schulbank saßen brachte er uns schon *la table* und *le pain* bei.

Am ersten Schultag hatte ich eine kurze Hose an und an den Beinen lange, selbstgestrickte Strümpfe. Die Strümpfe waren mittels durch die Wolle gedrückten Knöpfen, an einem Paar Strumpfbändern befestigt, die ihrerseits innen, in den Hosenbeinen hoch, bis an den Hosenbund geführt waren. Dort waren sie, gemeinsam mit den Hosenträgern, an Knöpfen eingeklemmt.
Die anderen Jungs waren ebenso gekleidet. Keiner hatte eine Schultüte. Trotzdem waren wir fröhlich. Alle lachten. Über mich! Ich hatte einen der beiden in den Strümpfen eingeklemmten Knöpfe verloren. Nun hing der Strumpf an meinem linken Bein bis unterhalb der Wade herunter.
Nur „*de Bäggà Sepp*" (der Berthold, „Sepp" Becker) lachte nicht. Er stand da und kratzte sich ständig an Rücken und Bauch. Es war sein Pullover. Der war aus Leinenfäden gestrickt, die seine Mutter mühsam aus *Gruuwegummi* (Transportband-Gummi) heraus gelöst hatte.
Gejuckt haben ihn die derben Gummistückchen, die noch an den Pullover-Fäden hafteten. Der Sepp und andere Bergsmannskinder hatten auch Sandalen aus Bandgummi an. Ich hatte ein auf der falschen Seite zu zuknöpfendes Hemd an. Meine Hemden hatte meine Mutter aus den Blusen meiner Kusinen aus Sinnerthal geschneidert. Ich befürchtete immer, dass die anderen Jungs bemerken könnten, dass ich Mädchenkleider anhatte. Insbesondere verfluchte ich aber die von den Kusinen geerbten Hosen. Sie hatten keine Taschen! Das war für einen rothaarigen Bub wie mich fatal. Wohin mit den Steinen?

Bei meinem Bildstocker Onkel Karl, dem Schreiner, hatte ich einen „Nagel im Brett". Er bastelte mir eine Spielzeugeisenbahn. An ihr war alles aus Holz und sie bestand aus einer Lokomotive und acht offenen Güterzugwaggons. Die Räder waren Holzscheiben, die mit Nägeln locker an den Fahrzeugen angenagelt waren.
Auf den Holzpflock, der den Schornstein der Lokomotive bildete, nagelte ich meinerseits Watte als Dampf auf. Auch sonst konnte ich an der Holzlokomotive wichtige Dinge annageln, z.B. einen Winker. Denn ich fuhr mit dem Güterzug ja immer um den Küchentisch herum und zwischen den Stühlen hindurch. Richtungswechsel mussten dabei angezeigt werden. Der Zug hatte es auch immer eilig und kam meistens ins Schleudern. Er hatte doch keine Spurführung, da er nicht in einem Gleis, sondern auf dem glatten Linoleum des Küchenbodens fuhr. Dabei flogen schon mal die Räder weg und die Wagen überschlugen sich. Wenn die Wagen sich überschlugen, dann gab es immer Großalarm. Ausgelöst von Klara. Denn die Wagen waren mit Kohle beladen, die ich aus dem Schubfach des Küchenherdes – trotz rigorosem Förderverbot – entnommen hatte. Bei einem solchen Unfall verteilte sich das schwarze Gold in der ganzen Küche und Klara teilte mir eine aus.

Wie der Sinnerthaler, so war der Bildstocker Karl auch nicht an der Kriegsfront. Er war beim Volkssturm. Mit seiner Schreinerei verdiente er genügend Geld, so dass er sich ein paar Jahre nach dem Krieg einen alten Opel P4 kaufen konnte.
Er war einer der wenigen in unserem Ort, die damals einen PKW besaßen. Häufig nahm er mich mit, wenn er mit dem Wagen zu einer Einsargung oder einer Baustelle fuhr. Wenn er dann während des Fahrens rauchen wollte und sich eine Zigarette anzündete, durfte ich das Auto lenken.

Auch dieser Karl war ein prima Kerl. Er zündete sich oft eine Zigarette an, wenn wir an meinen Freunden aus unserer Straße, der *Owwàgass,* vorbei fuhren. Dann war ich natürlich der Größte!

In unserem Haus in Bildstock wohnten außer Klara und mir im Dachgeschoß das alte Ehepaar Recktenwald und, in einer Kammer, Klaras Bruder Fritz. Fritz kam schon kurz nach dem Krieg wieder nach Hause. Er fand lange keine Arbeit als Dekorateur und Polsterer. Wer brauchte damals schon einen Dekorateur! Die reparaturbedürftigen Sessel hatte man ja beim Hamstern gegen Kartoffeln eingetauscht.

Der Bildstocker Fritz wollte auch etwas zu unserem gemeinsamen Haushalt beitragen. Er schloss sich mit seinem Bruder Peter, der als Heimatfrontler in Hühnerfeld geblieben war, zur Jagd auf Fleisch zusammen. Fritz und sein älterer Bruder, Peter Sattler jun., trafen sich dazu oft in Klaras Küche und hielten geheimnisvolle Sitzungen ab. Ich kapierte nie, um was es da ging.

Eines späten Abends kam Fritz mit einem Sack nach Hause. In dem Sack transportierte er ein kleines totes Wildschwein. Ich konnte mir nicht erklären, wo Fritz das Schwein herhatte.
Aber keiner der Erwachsenen gab mir eine zufrieden stellende Antwort auf meine Fragen.
Aus aufgeschnappten Wortfetzen ihrer leise geführten Unterhaltungen fügte ich mir die Antwort selber zusammen. Fritz und Peter hatten im Maybacher Wald ein Loch gegraben, in das das Schweinchen hineingefallen war.
Wie konnte man nur so etwas machen! Und dann hatten sie dem Schweinchen noch den Bauch aufgeschnitten! Von dem Tier wollte ich nichts essen.

Der über uns wohnende pensionierte Bergmann Recktenwald hatte *e Schdaablung* (eine Staublunge; Silikose). Solange in seiner geplagten Lunge noch genügend Luft war, nahm er Klara und mich im Herbst mit in den Wald zum Pilzesammeln. Das danke ich dem alten Herrn heute noch. Schon als Sechsjähriger konnte ich *Schambions* (Champion) und *Rehläbbschà* (Pfifferlinge) von Knollenblätterpilzen unterscheiden.

Und auch heute noch macht es mir Heidenspaß, mit einem Fußtritt einen alten *Haasefòrtz* („Hasenpfurtz",. Bovist) zur Explosion zu bringen. Wenn dann die Sporenwolke entweicht, ist das ähnlich wie bei Alibabas Flaschengeist. Dann sehe ich den alten Recktenwald im braunen Sporen-Staub vor mir hinwegschweben.

Weil meine Mutter damals kein Geld für Kohle zum Heizen hatte, fuhren wir mit dem Recktenwald und unserem Hand-Wägelchen etwa zwei Kilometer bergab zum „Schlammweiher" der Grube Reden.

Absinkweiher („Schlammweiher") Reden

Aus dem Flotationsweiher schaufelten wir Kohlenschlamm in unser Wägelchen. Der Schlamm wurde trocken gelagert, mit Hobelspänen vermischt und dann verbrannt. Das lohnte sich, weil damals die Trennung der Kohle vom „tauben Gestein", dem mit geförderten, unbrennbaren Gebirgsanteil, noch nicht so perfekt war. Der Schlamm enthielt daher noch einen hohen Anteil an Verfeuerbarem.

Wir fuhren auch zur Bergehalde, um dort abgekippte Kohlereste aus dem Schutt zu lesen. Oder wir fuhren in den Wald, dorthin, wo Kohleflöze an der Erdoberfläche frei austraten. Dort grub man mit Hacke und Schaufel Löcher in den Boden, um an die Kohle zu gelangen. Diese Kohle war zwar minderwertig, dennoch war das Graben illegal, weil nur der Staat, damals die französische Régie des Mines de la Sarre, das Schürfmonopol besaß.

Wie schon erwähnt, die gute Kohle verkauften die Franzosen nach Bayern, also mussten die saarländischen Frauen, die damals keinen Mann in der Grube hatten, Schlamm brennen.
Nicht nur Kohle war bei uns knapp, auch Speiseöl. Um Öl zu haben sammelten Erwachsene und Kinder Bucheckern im Wald. Diese wurden ausgepresst und man hatte sein Salat- und Backöl. Das Mehl zum Backen war bei uns auch rar. Man behalf sich mit Mehl aus Eicheln. Auf das Brot aus Eichel-Mehl kam dann schon mal Marmelade aus Walderdbeeren. Butterbrote kannte ich nicht. Besonders stolz war ich, wenn ich in den Unterrichtspausen auf dem Schulhof, vor den Freunden, einmal ein mit Schmalz bestrichenes Brot auspacken konnte. Normalerweise gab Klara mir immer nur ein feucht gemachtes, mit Zucker bestreutes Pausenbrot mit.
Sepps Vater war nicht in Sibirien. Er machte Kohle im doppelten Sinne. Sepp hatte immer Schmalz auf dem Brot.

9 Schlüsselerlebnisse

Bis Ende 1949 schuftete mein Vater noch als Gefangener im Bleibergwerk in Sibirien.
So musste meine Mutter in Friedrichsthal bei einer Fahrsteiger-Familie als Hausdame arbeiten. Fahrsteiger und Obersteiger gehörten damals zur „Haute Volée". Die hatten 15er-Citroens und machten Urlaub am Mittelmeer.
Weil meine Mutter tagsüber arbeitete, war ich ein „Schlüsselkind". Zu der Zeit waren die Kinder, die einen Vater hatten, der auf der Grube als Bergmann arbeitete, gut dran. Sie bekamen ja jeden Tag einen halben Liter Milch, Brot und Suppe als Schulspeisung. Ich bekam nichts. Die verwöhnten Bergmannskinder aßen nur das Weiche vom Brot und warfen die Kruste weg. Ich hob die Brotreste von der Straße auf und aß sie. Heute noch verkommt bei mir kein Brot. Ich kann es nicht wegwerfen, auch wenn es schon hart ist. Dann nage ich es eben ab wie ein Hase.

Einmal hatte ich riesigen Hunger. Ich konnte aber nicht in unsere Wohnung, wo Klara immer eine Suppe für mich vorbereitet hatte, die ich mir auf dem Gasherd warm machen musste. Meine Freunde aus der Nachbarschaft der *Owwàgass* spielten schon Verstecken. Ich stellte meinen Schulranzen in unserem Garten ab, vergaß Hausaufgaben sowie alle auferlegten Pflichten und gesellte mich zu meinen Freunden.
Im Laufe des Rennens und Kletterns mit ihnen löste sich der rechte Hosenknopf, an dem das Strumpfband und die Hosenträger befestigt waren. Dass Strumpf und Hose jetzt rutschten, war ja nicht so schlimm, doch gemeinsam mit dem Band und dem Hosenträger war ja auch der Haustürschlüssel an dem Hosenknopf befestigt gewesen!

Nun war der Schlüssel weg und meine Suppe damit unerreichbar geworden. Nachmittags, als der Hunger heftig war, entschloss ich mich über den Zaun in Nachbar Müllers Garten zu klettern. Dort wollte ich Bohnen vom Strauch klauen. Das erforderte enormen Mut, denn der Finanzbeamte Müller verbrachte fast jede freie Minute in seinem äußerst akkurat gepflegten Garten.
Der Garten war sein Augapfel. Wehe, wenn mal ein Ball beim Spielen über den Zaun in seine Gemüse- oder Blumenbeete flog und dort ein Pflänzchen knickte! Keiner von uns traute sich je einen Ball zurückzuholen. Alle Bälle waren verloren, weil Müller sie verbrannte.
Ich schaffte es jedenfalls unbemerkt an die Bohnen zu gelangen und welche zu essen. Das bekam mir aber nicht gut. Es wurde mir speiübel. Als Klara von der Arbeit kam, schimpfte sie gewaltig, weil ich den Schlüssel verloren hatte und nichts außer Spielen im Kopf gehabt hatte.
Doch dann war sie sehr besorgt um mich und sagte ich dürfte nie mehr rohe, grüne Bohnen essen, weil die giftig wären. Da dachte ich: „Siehste, jetzt verbrennt der Müller nicht nur die Bälle, jetzt vergiftet er auch noch die Bohnen!" Später lernte ich, dass auch anderer Leute grüne Bohnen giftig sind.
Mit den Bohnen hatte Klara also Recht, aber nicht mit dem was sie mir über Bananen sagte.
Eines Tages kam ich von der Schule nach Hause, kochte mein Süppchen auf dem Gasherd, aß eilig, schnappte den – besagten – Milchkessel, die paar Groschen die Klara auf den Küchentisch gelegt hatte und beeilte mich, Milch und Brot zu kaufen. Unterwegs traf ich Binzels Willi, der mir aufgeregt berichtete, dass es oben im Lebensmittelgeschäft Siffrin Bananen zu kaufen gäbe. Nun hatte ich ja von exotischen Früchten namens Bananen schon mal gehört, und seitdem schwebten sie mir wie eine unerreichbare Verlockung vor Augen.

Klara versuchte immer mein Bananen-Verlangen damit zu entschärfen, dass sie mir weismachen wollte, Bananen würden wie alte, matschige Birnen schmecken.
Ich rannte zum Milchladen und kaufte einen Liter Milch. Dann begab ich mich zögernd auf die andere Straßenseite zum gegenüber liegenden Laden, wo es die Bananen geben sollte. Durch die offene Ladentüre sah ich die goldgelben Früchte liegen. Wie ein Magnet zogen sie mich an. Ich nahm das Restgeld vom Milchkauf und kaufte mir eine Banane.
Erwartungsvoll löste ich die Schale und biss in die Banane. Siehe da, sie schmeckte gar nicht nach faulen Birnen, sondern paradiesisch gut!
Kaum hatte ich die Köstlichkeit aufgegessen, plagte mich das schlechte Gewissen. Hatte ich doch fast das ganze Restgeld für etwas ausgegeben, von dem mir immer abgeraten wurde. Oh weh, was wird Klara dazu sagen?

Ich gestand meiner Mutter meine Untat und erwartete eine heftige Zurechtweisung. Doch Klara fragte nur: „Hat die Banane dir denn wenigstens geschmeckt?" „Natürlich.", sagte ich, „Sie hat mir sogar sehr gut geschmeckt und gar nicht faul, so wie du es mir immer erzählt hast."

Auf einem Stück Acker, das die Sinnerthaler Geschwister meines Vaters unter sich aufgeteilt hatten, baute Klara Zwiebeln, Bohnen, Linsen, Kohl und Zuckerrüben an. Oft fuhr ich mit Klara und unserem Handwägelchen die vier Kilometer durch den Wald zu unserem *Schdigg* (Ackerstück). Ich sollte Klara beim Unkrautjäten helfen, verdrückte mich aber, sobald sich die Gelegenheit dazu ergab, in die Johannisbeerbüsche oder die Erdbeerbeete meiner Tanten und plünderte diese. Meine Tanten ließen es ihrem einzigen Neffen, bei nicht ganz ernst gemeintem Schimpfen, durchgehen.

Nicht selten war es schon dunkel, wenn Klara und ich mit voll beladenem Ernte-Wägelchen durch den Wald, übers *Haasepäädsche* (Hasenpfädchen) zurück nach Bildstock fuhren. Ich, der siebenjährige Fuhrmann, drückte hinten und Klara zog den Wagen vorne.
Hasen und Rehe sprangen vor uns über den Weg. Und einmal stoben Mitglieder einer Wildschweinrotte nahe vor und hinter uns vorbei. Natürlich machte ich mir vor Angst fast in die Hose. Doch Klara erinnerte sich später noch daran, dass ich ein ganzer Mann sein wollte und zu ihr sagte: „*Muddi, brauchschd känn Angschd ze hann, isch bin jòh bei dà*" (Mama, du brauchst keine Angst zu haben, ich bin ja bei dir).

Ich half Klara, die geernteten Zuckerrüben mit der Wurzelbürste sauber zu schrubben. Dann kochte sie daraus auf unseren Küchenherd *Haazschmieà* (Rübenkraut). Das war vielleicht immer eine Sauerei! Auch noch Tage danach haftete ein klebriger Film auf allen Türgriffen unserer Wohnung. Es hieß im Ort, dass am Monatsende in den ärmeren Häusern alle Türgriffe klebten, weil es dort nur noch *Haazschmieà* zu essen gäbe.
Die Linsen, die Klara anbaute, bekamen nach der Ernte, wenn wir sie auf dem Küchentisch ausbreiteten, manchmal Flügel. Die darin lebenden Würmchen höhlten die Linsen aus, verpuppten sich und flogen schließlich weg. Aber unter den Linsen auf dem Tisch gab es auch eine Menge Unbewegliches und Ungenießbares.
Das filterte Klara heraus, indem sie die Tischplatte in verschiedenen Stufen schräg stellte und mit dem Besenstiel darüber rollte. Zur flachen Schicht ausgerollt, kullerten bei der ersten Stufe die runden Unkrautsamen nach unten. Die flachen Linsen blieben liegen.
Bei der zweiten, steileren Stufe bewegte sich aber der Linsensamen und nur die schwereren Steinchen blieben liegen, so dass man sie herauslesen konnte. Genial!

Keine Nahrung zu vergeuden, ausreichend essen zu haben und nichts übrig zu lassen, das waren Themen die mich während meines Heranwachsen bekleideten.
Wir waren auf die Erträge aus Klaras Gemüseanbau angewiesen.
Aus dem Kohl, den sie anbaute, wurde Sauerkraut gemacht. Nach der Ernte wartete Klärchen, bis der blau geschürzte Tiroler Krautschneider auf einem Fahrrad mit seinem Schneidegerät durchs Dorf fuhr. Er fuhr von Haus zu Haus und bot überall seinen Dienst an. Dann bat meine Mutter ihn in unseren Keller zu gehen und die Kohlköpfe zu raspeln, die sie geerntet hatte.
Den geschnittenen Kohl presste meine Mutter in hohe, blau verzierte Steingut-Töpfe und gab ausreichend Salz und Lorbeerblätter dazu. Dann legte sie einen zweiteiligen Holzdeckel auf das Kraut und beschwerte die Abdeckung mit einem sauberen Pflasterstein. Nach dem das Kraut durchgegärt war, hatten wir für viele Monate unser eigenes Sauerkraut. Ja, damals ernährten wir uns wahrhaft aus Ökologischem Anbau,
Zu unserer beider Ernährung unterhielt Klara noch einen Gemüsegarten, der unserem Haus zur Straße hin vorgelagert war. Er war zweigeteilt. Beide Teile waren durch einen langen Hofweg in der Mitte voneinander getrennt und waren ihrerseits mit Lattenzäunen umgrenzt. Vorwiegend Erbsen, Salat, Rosenkohl, Mangold und Rote Beete wuchsen in den beiden Gartenteilen. Es ist kaum zu glauben, dass dort auch noch eine mit Weinreben überwachsene Gartenlaube, zwei Pfirsichbäume, ein Reineclaudenbaum und ein haushoher Birnenbaum Platz hatten.
Regelmäßig im Januar, wenn noch Frost herrschte, musste der Garten gedüngt werden. Dazu gab es extra Jauchetage. Dann wurde mit einem *Puddelschäbbà* (Jaucheschöpfer), einem an einer Bohnenstange Jauche aus der Grube unseres Aborts hinterm Haus geschöpft.

Das Schöpfgerät bestand aus einem an einer Bohnenstange befestigten Eimer
In Eimern trug man den Abortinhalt dann in den Garten vor unser Haus. Die Jauche wurde über den fest gefrorenen Gartenboden verteilt. Dann wartete man bis es taute um sie untergraben zu können, was Wochen dauern konnte. Klara war immer erleichtert, wenn noch Schnee fiel und die Düngung zudeckte. Schließlich lag der Garten direkt an der Hauptstraße von Bildstock, durch die sonntags hunderte frommer Leute zur Kirche gingen.
Andere Gartenbesitzer machten das ebenso. Denn kein Haus hatte einen Kanalanschluss, durch den die Jauche hätte abgeführt werden können. Auch Bauern, auf deren Felder man das Zeug hätte verbringen können, gab es in unserem Bergmannsdorf nicht. Hier gab es nur katholische und sehr wenige evangelische Berg- und Hüttenarbeiter. Aber einige dieser Bürger führten einen Jauchekrieg gegeneinander. Wenn ein evangelischer Nachbar am katholischen Feiertag „Heilige Drei Könige" seine Jauche aufs Land brachte, rächte sich der Katholik damit, dass er seinen Abortgrubeninhalt am höchsten evangelischen Feiertag, dem Karfreitag, ausleerte.
Was das Essen anbelangte, so war Klara am Karfreitag immer sehr traditionsbewusst. An diesem absolut fleischlosen Tag gab es Nudeln. Sie walzte den Nudelteig – für dessen Herstellung auch ich lange rühren musste – auf unserem Küchentisch zu einem nur millimeterdicken Fladen aus. Dann schnitt sie ihn in einzentimeterbreite Streifen. Sorgfältig hängte sie diese Teigstreifen über Seile, die sie über den Küchenherd gespannt hatte. Dort trockneten dann unsere Oster-Nudeln in drei Girlanden-Vorhängen aus.
Davon gab sie auch der in unserem Haus im Erdgeschoss neben uns wohnenden Familie. etwas ab. In zwei Zimmern. hausten dort Vater, Mutter, Sohn und zwei Töchter.

Albert, der Sohn, war so alt wie ich. Wir waren ein lebhaftes Gespann.
Im Hof vor unserm Haus hatten die Schreiner-Gesellen aus der Werkstatt unten im Haus ihren großrädrigen Transport-Karren abgestellt. Wir Jungs schoben die Karre den Hof hoch bis zur Straße. Dann nahmen wir auf der Pritsche der Karre Platz, und ab ging es zwischen den Lattenzäunen hindurch wieder den Hof hinunter. Das ging solange gut, wie die Karre nicht in den Lattenzaun raste.

Danach waren natürlich wieder mal ein paar Latten gebrochen und wir mussten uns aus dem Staub machen. Gott sei Dank gab es ja bei uns Holz genug, so dass die Reparaturen schnell gemacht waren und nie kostspielig wurden.
Die Schreinergesellen schimpften natürlich mit uns, wenn wir mal wieder mit ihrer Karre in den Zaun fuhren. Dann gaben wir ihnen gegenüber unsere Geringschätzung mit einer demonstrativen Erniedrigungsgeste zum Ausdruck.
Dabei kam eine von Jungs tausendfach geübte Fähigkeit zur Anwendung
Wir stellten uns oben an die Hoftreppe, die neben dem Haus zum Werkstatteingang führte und pinkelten. Diesmal nicht nur hoch, sondern in weitem Bogen die Treppe hinunter. Natürlich taten wir das hinter ihrem Rücken, dann, wenn sie wieder in die Werkstatt verschwunden waren.
Wie schon das Hoch-, so wurde das Weitpinkeln an der Treppe gelegentlich auch außerhalb der Arbeitszeiten der Gesellen wettkampfmäßig ausgetragen.

Alberts jüngste Schwester war dabei eine sehr interessierte „Kampfrichterin". Wenn einer von uns Jungs mal nur eine geringe Reichweite erzielte, lachte sie ihn aus. Sofort konterte der: „Dann mach´s doch mal besser, wenn du es kannst."

Irgendwann stellte sie sich schließlich neben uns an der Treppe auf, zog das Höschen runter, den Rock hoch, machte ein Hohlkreuz und strietzte etwa zwei Stufen weit. Da ich nicht vor ihr, sondern neben ihr stand, konnte ich leider nicht alle Details der Ausführung in Augenschein nehmen. So geschah es, dass – trotz unmittelbarer Nachbarschaft zum Geschehen – meine dauerhafte Neugierde, wie das denn da vonstatten gehen konnte, schon wieder nicht gestillt wurde.
Hinter unserem Haus hatte mein Onkel, der Schreinermeister Karl, einen Brettervorrat angelegt. Die Bretter stapelten sich drei Meter hoch. Dort konnte man sich phantastisch verstecken. In dem Holzlager befand sich jedoch auch noch ein Versteck, um das mich alle Nachbarskinder beneideten. Scheue Wesen, die man nur bei äußerst vorsichtigem Anschleichen zu Gesicht bekam, wohnten dort. Eine verwilderte Katze hatte zwischen den Holzstapeln ein Nest gebaut und dort ihre Jungen zur Welt gebracht. Das war eine so große Sensation, dass man für die Chance, ein wildes Katzenbaby zu Gesicht zu bekommen, sogar einen Franken Eintrittsgeld verlangen konnte.
Ja, in dieser Zeit hatte das Saarland sein eigenes Geld. Saarländische Franken. Franken und Centimes verdiente ich mir als Knirps dadurch, dass ich mich im Herbst vor unserem Haus an die Straße stellte und dünne Abfall-Lättchen aus der Schreinerei zum Bau von selbst gebastelten Papier-Drachen verkaufte. Monate vor der Drachensaison im Herbst legte ich mir schon ein Depot geeigneter Lättchen an. Natürlich baute ich auch selber Drachen. Aus Zeitungspapier, Abfall-Lättchen und *Fissääl* (Fissele). Als Kleber verwendete ich Mehlpappe. Bei gutem Wind ließen Bildstocker Jungs ihre Drachen auf den wenigen freien Flächen des Ortes, auf dem Hoferkopf oder auf der *Ahwand*, fliegen. Dumm war nur, dass über beiden Gebieten Hochspannungsleitungen den Luftraum kreuzten.

Denn die Drachen verfingen sich in den Kabeln, wenn sie Loopings schlugen und den Leitungen dabei zu nahe kamen.
Noch lange wurde der Dracheneigentümer an dieses Ärgernis erinnert. Auch dann immer noch, wenn sich nach dem ersten Regen die Mehlpappe aufgelöst und das Papier abgefallen war. Denn das Lattenkreuz des Drachens war mit Seil stabil verknotet und baumelte noch viele Monate lang über den Wiesen.

10 Kampftage

In den Schulferien wohnte ich öfter mal wieder in Sinnerthal, bei Tante *Jättschen*. Ich fand dort auch neue Spielgefährten. Es war nicht leicht deren Freundschaft zu gewinnen, denn zunächst musste ich ihnen beweisen, dass ich wie sie, ein ganz normaler Mensch bin. Die meisten Kinder in Sinnerthal hatten noch nie einen Katholiken gesehen. Ich weiß nicht, was man ihnen über derart fremde Wesen erzählt hatte. Jedenfalls fühlte ich mich, als sei ich ein Schwarzer, so wie ich einen damals auf dem Panzer gesehen hatte.
Nachdem die Sinnerthaler Kinder mich getestet und als normalen Jungen eingeordnet hatten, entwickelte sich tatsächlich fast eine Blutsbrüderschaft zwischen uns. Ich zog sogar mit ihnen in den Krieg gegen die Jungs aus dem Nachbarort Landsweiler.
An der Demarkationslinie beider Herrschaftsbereiche, einem mit unerschöpflichem Wurfpotential ausgestatteten Eisenbahndamm, ließ ich im Territorialkampf sogar mein Blut für Sinnerthal. Ein Landsweilerischer Feind traf mich mit einem Eisenbahnschotterstein am Kopf. Fortan hatte ich tatsächlich einen Blutsbruder, den auch in der Schlacht getroffenen Bernd aus Sinnerthal.

Auf der Straße spielte es keine Rolle mehr, dass ich mittlerweile wieder katholisch war. Ich durfte sogar an Ostern mit der evangelischen Kinderschar zum traditionellen Eiersuchen mit in den Wald gehen.
Dabei lief ein alter Mann, den der ganze Ort nur „Onkel" nannte, über das *Haasepäädsche* vorweg und ließ kleine Zuckereier fallen. Mit diesem „Onkel" gingen Bernd und ich auch an normalen Tagen in den Wald. Er lehrte uns die Vögel und die Bäume kennen. Er zeigte uns, wie man im kleinen Bach Wasserräder aus Zweigen baut.
Durch den „Onkel" und den alten Recktenwald lernte ich die Natur kennen und lieben. Bei den Exkursionen mit ihnen eignete ich mir schon früh ein beachtliches Wissen über die Natur an. Den "Onkel" und den Bergmann Recktenwald mache ich somit dafür verantwortlich, dass ich am Ende meiner beruflichen Karriere Chef einer Natur- und Umweltbehörde wurde.

11 Pitt mischt mit

In meinem Bildstocker Umfeld brach Unruhe aus. *„Es Pittsche"* kam! Nach dem Krieg war Änni mit ihrem Peter aus der Rhön wieder zurück ins Saarland gezogen.
Mein Vetter Peter, ich nannte ihn „Pitt", war zwar zehn Monate älter als ich, aber er war einen Kopf kleiner und einige Kilos leichter.

Das hieß: Er hatte zwar nicht viele Muskeln, dafür förderten die eiweißreichen Fleischrationen die er von seinem Vater, dem Metzgermeister, bezog sehr wohl sein Denk- und Sprachvermögen. So zeichnete sich Pitt durch einen scharfen Verstand aus, den er unübertroffen für Wortschlachten einzusetzen verstand. Pitt versuchte die Oberhoheit in meinem bisherigen Herrschaftsbereich an sich zu reißen. Und zwar argumentativ. Dem hatte ich allenfalls Körperkraft entgegen zu setzen.
So kämpfte der eine mit Worten und der andere mit Kraft, manchmal aber auch nur mit Wissen gegeneinander.
Die Konkurrenz zwischen Peter und mir endete eigentlich nie. Andererseits führte das intensive, gemeinsame Heranwachsen dazu, dass wir uns als Brüder fühlten und immer noch sehr aneinander hängen. Heute erinnern wir uns amüsiert an unsere „Konkurrenz-Kämpfe".

Als ich ihm nach 50 Jahren gestand, dass ich mich nicht immer nur mit Muskelkraft gegen seine Sprachgewalt wehrte, lachte er über meine subtile Rache. Und die sah so aus: Wie schon erwähnt, wurde samstags ja eine Zinkwanne in die Küche gestellt und darin gebadet. Natürlich wollte Pitt immer als erster in die Wanne. Selbstverständlich gab das wieder Zoff zwischen uns. Unsere Mütter regelten das Baden so, dass wir wochenweise abwechselnd hintereinander in der gleichen Wasserfüllung geschruppt wurden. Immer wenn Pitt nach mir an der Reihe war, kam die Gelegenheit für meine Rache. Ich pinkelte in sein Badewasser!
Zwischen den Buben aus der *Owwàgass,* der Hauptstraße, in der wir wohnten, und denen der *Unnàgass,* der tiefer am Berg verlaufenden Nebenstraße, gab es häufig Straßenschlachten. Da Pitt erst zugezogen war, belasteten ihn keine traditionellen Feindbilder. Also begab er sich ungeachtet der latenten Konfliktlage gelegentlich in die *Unnàgass.*

Dort schwang mein Cousin Peter dann das Mundwerk. Es blieb natürlich nicht aus, dass er sich dabei schon mal in der Wortwahl vergriff, was dazu führte, dass er vor einer Horde *Unnàgässlà* in die *Owwàgass* flüchten musste. Oben angekommen, versteckte er sich hinter seinem Cousin und forderte mich sowie *de Brigg* Helmut, Kollings Hansi, die *Bliemschà* und *de Bäggà Sepp* auf, ihn zu verteidigen.
In Phasen längeren Friedens kam es schon mal zur gemeinsamen Hordenbildung mit den „Untergässlern". Dann fochten wir zusammen auch Kämpfe gegen die Jungs aus der Dorfmitte und gegen die aus dem *Grumbiergaade* (Kartoffelgarten) aus.
Zu noch größerer Schlachtvereinigung schlossen wir uns sogar mit den Dörflern dann zusammen, wenn es gegen die *Helljewaldà*, die Jungs aus Heiligenwald, ging.
Wie schon bei den Sinnerthaler Schlachten gegen die aus Landsweiler, war wieder ein Bahndamm die zu verteidigende Grenzlinie. Wohl wegen dem Wurfmaterial. Dabei gab es Zwangspausen, wenn ein Zug den Damm passierte. Einmal dauerte meinem Schulkamerad, Manfred, besser bekannt als *„de Bormann-Rot"*, die Pause zu lange. Da begann er mit Steinen nach dem Zug zu werfen. Wir anderen taten es ihm nach. Doch nur zaghaft. Wir wollten einerseits nicht feige sein, wussten aber andererseits, dass man so etwas nicht machen durfte. Heiligenwalder durfte man bewerfen, aber keine Züge, in denen Leute saßen.
Der rothaarige Manfred traf tatsächlich ein Zugfenster. Es folgte ein lautes Räderquietschen und der Zug verlangsamte seine Fahrt. Irgendein Fahrgast hatte die Notbremse gezogen. Der Zug war noch nicht ganz zum Stehen gekommen, da sprinteten alle Bildstocker Kämpfer in den nahen Tannenwald und von dort in die Schlucht, in der der Hofertalbach floss. Dort versteckten wir uns solange, bis wir hörten, dass der Zug wieder wegfuhr.

Am nächsten Tag war die Zugbombadierung das Gesprächsthema in der Katholischen Volksschule Bildstock. Natürlich hatte der Bahnvorsteher den Vorgang umgehend dem Direktor gemeldet. In allen Klassen stellten die Lehrer die gleiche Frage: „Wer war dabei?"
Nur unser Lehrer Schneider, genannt *„Schnibbeli*", fragte nicht lange. Er zitierte Bormanns Roten zum Pult und sagte ihm auf den Kopf zu, dass er den Stein in das Fenster geworfen hätte. Manfreds Leugnen half nichts. Manfred war als Rothaariger generalverdächtig. Und das nicht zu Unrecht, denn er hatte einiges auf dem Kerbholz.
Er bekam die Strafe, in der der Holzbein tragende, einarmige Kriegsheimkehrer Schneider unübertroffen war. In blitzschnellem Wechsel und dreimaliger Abfolge zog er dem Übeltäter das Ohrläppchen lang und gab ihm Backpfeifen. Dazu wurden Manfreds Eltern noch über das Geschehen unterrichtet, was zur Folge hatte, dass er zu Hause noch einmal verprügelt wurde.
Am Bahndamm konnten wir uns nicht mehr sehen lassen. Der Bahnhofsvorsteher hielt ein wachsames Auge auf sein dienstliches Umfeld. Zudem trieb er sich ja auch noch häufig außerhalb des Bahnhofsgebäudes herum. Er bepflanzte nämlich die Böschungen der Straße, die vor dem Bahnhof endete, mit Rosen. Das konnte ein Bahnbeamter damals noch während der Dienstzeit machen.
Um in den „Tannenwald", in dem eigentlich nur Fichten standen, und an *die Bach*, den Hofertalbach, zu gelangen, mussten eventuell Umwege gemacht werden. Wenn der Fahrkartenknipser nicht in Sicht war, gelangte man über einen an den Rosenbeeten beginnenden Weg und eine hölzerne Brücke direkt in den Wald. Vom Bahndamm kommend floss der Bach unter der Brücke hindurch in die geheime Waldschlucht. Die etwa 2,5 Meter breite Brücke bestand aus nebeneinander gelegten Bahnschwellen. Wir Buben spielten oft unter der Brücke am Bach und in der engen Schlucht.

Die Mädchen spielten in dem lichten Fichtenbestand. Sie schoben Fichtennadeln zu geraden und rechtwinklig miteinander verbundenen Häufchen zusammen. So markierten sie Gebäudegrundrisse. In den damit geschaffenen Phantasiehäusern spielten sie dann Mutter mit Kind.

Wenn die Mädchen in den Wald gingen, mussten sie über die Brücke gehen. Wenn wir dann unter der Brücke saßen, stießen wir furchterregende Ungeheuerschreie aus. Die Mädchen erschraken und liefen kreischend bis zu den Beamten-Rosenbeeten zurück. Einer von uns kam auf die Idee, die Mädchen nicht mehr zu erschrecken.
Im Gegenteil, sie sollten künftig angstfrei über die Brücke gehen. Ja am besten wäre es, wenn sie sogar ruhig auf der Brücke stehen blieben und in den Bach schauten. Zwischen den Bahnschwellen, die die Brücke bildeten, gab es nämlich bis zu drei Zentimeter breite Fugen. Und durch die Fugen konnte man von unten den Mädchen unter die Röcke schauen!
Die Sichtausbeute war allerdings sehr gering. Meistens lag das Sichtfeld im Dunkeln oder das Interessensgebiet war durch ein Kleidungsstück verdeckt. Aber es hätte ja mal sein können, dass ...!

In *der Bach* und in den Weihern unten im *Ochsegraawe* fingen wir kleine Fische, Wasserfrösche und Molche. Die größeren Jungs hatten schon mal ein Aquarium, in das sie das Viehzeug hineinsetzten. Wir kleineren besorgten uns Einmachgläser aus Mutters Beständen. Fast jeder hielt sich in diesen Behältnissen kleine Rotfedern oder Elleritzen, die mit Wasserflöhen gefüttert wurden. Die Wasserflöhe fing man mit dünnmaschigen Netzen. Zur Herstellung dieser Netze benötigte man einen Stock, Draht und einen Nylonstrumpf seiner Mutter. Außer Einmachgläsern und Mutters Strümpfen konnte man auch noch ihre Einmachgummis und Strohhalme gebrauchen.

Mit einem Einmachgummi konnte man sich eine Schleuder bauen, mit der man auf Frösche schießen konnte.
Hatte man einen Frosch gefangen, konnte man ihn mit einem Strohhalm aufblasen, bis er platzte. Wenn die Frösche dann geplatzt waren, schnitt man ihnen die Beine ab und röstete die Froschschenkel über einem Holzfeuer.
Das waren vielleicht grausame Bubentaten, aber: so war's!

War eigentlich das Füttern der Hühner mit Maikäfern auch grausam? Wir haben die Käfer von den Bäumen geschüttelt und die letzten, die sich krampfhaft festkrallten, haben wir mit Erschütterungsschocks herunter geholt. Dabei schlugen wir dicke Feldsteine an die Baumstämme. Alle Bäume in der Birkenallee auf dem Hoferkopf trugen Rindenschäden davon. Kein Wunder, dass das Folgen hatte und die Bäume irgendwann abstarben und ersetzt werden mussten.

Zu Hunderten haben wir die Maikäfer in Einmachgläsern nach Hause getragen. Wir fingen auch Hirschkäfer, doch die verfütterten wir nie an Hühner. Zumindest die mit den Geweihen nicht.
Die mit den ganz kleinen Zangen, die *Waubàde,* wie wir die weiblichen Käfer nannten, doch schon mal. Das geschah aber nicht aus Frauen-feindlichkeit, sondern zum Schutz der Hühner. Im Gegensatz zu den Geweihträgern konnten die *Waubàde* mit ihren kleinen Kneifern die Hühner doch nicht im Hals verletzen, wenn sie die verschluckten.

12 Vatertage

Mein Vater war noch in Kriegsgefangenschaft, im Lager 7347B, Seminogorsk, im Altaigebirge an der mongolischen Grenze. Klara und er schrieben sich anscheinend häufig Briefe per Feldpost. Im Nachlass meiner Mutter fand ich 26 Antwortkarten meines Vaters. Und wie man aus den Antworten herleiten kann, hat Klara Oswald über alles, was in Bildstock passierte unterrichtet.

Klara berichtete Oswald, dass ich nicht nur Rechnen und Schreiben, sondern sogar schon eine Fremdsprache lernte! Allerdings muss ich an dieser Stelle ergänzen, dass Französisch nicht die erste Fremdsprache war, die ich mit sechs Jahren lernen musste. Die erste, Hochdeutsch, lernte ich ja schon in der „Spielschule" im Rechtschutzsaal.

Nach dem Krieg blieb zunächst die Ernährung das Hauptthema in unserer Familie. Ob in Bildstock oder im fernen Sibirien. Klara schrieb Oswald wohl, dass bei uns Nahrungsmangel herrschte und dass sie Hamsterfahrten unternahm. Und mein Vater, der bestimmt nichts Üppiges in seinem Gefangenenlager zu essen bekam, fragte am 27. Juli 1947: „Wie geht's mit der Ernährung?"

Und auf seiner Karte vom 8. November 1947 steht: „Wie kommt ihr mit dem Lebensunterhalt aus? Wie geht es den Geschwistern? Können die euch noch helfen? Ist Martha noch bei euch?"

Aber im gleichen Schreiben fragt er auch nach mir: „Geht Günter zur Schule und fügt sich?". Und wie in allen seinen Schreiben kommt seine Sehnsucht nach uns zum Ausdruck: „Nun wird es wieder Weihnachten und es ist mir nicht vergönnt das Fest mit euch im Kreis zu feiern, aber wollen wir hoffen, dass dies das letzte Mal ist".

Bis er mit uns feiern konnte sollten aber noch gut zwei Jahre vergehen.

Und seine Antworten auf Klaras Fragen nach seiner Gesundheit und die Hoffnung auf baldige Heimkehr, aber auch sein Interesse an mir, füllte jedes Schreiben dieser Jahre.

So schrieb Oswald am 1. Mai 1948 u.a.:
„ Was macht Günter, der doch schon ein großer Junge geworden ist und ich ihn nicht mehr wieder erkennen werde. Seine ersten Schriftzeichen machen mir Freude, er soll nun gut lernen, dass was wird aus ihm. Mir geht es noch gut, bin gesund und will auch bald in die Heimat zurückkehren"

Am 13. 7.48 (Standortwechsel nach Lager 7040)
„… Post von Fritz erhalten….Bin körperlich noch gesund…..hoffe den 38. Geburtstag dieses Jahr zu Hause feiern zu können. Was macht Günter? Ist er auch artig und lernt er auch gut, denn ich freue mich jetzt schon ihn wieder zu sehen..."

Am 21. Oktober 1948 schrieb er: „….ja ich möchte wissen wann ich zu euch zurückkehren kann und man mal wieder ein anderer Mensch wird. Auch mache ich mir Sorgen um euch. Muttis Geburtstag habe ich mit Maispudding und Apfelmus gefeiert,……"

Oswald korrespondierte also auch mit anderen Mitgliedern meiner Verwandtschaft. So mit Klaras Bruder Fritz. Wahrscheinlich hat mein Onkel Fritz, der ja bei uns wohnte, meinem Vater wohl Dinge verraten, die Klara ihrem Mann verheimlichen wollte, um Oswald keine Sorgen zu bereiten.

Beschwerte Fritz sich etwa über mich? Das ist aus Oswalds Karte an Klara vom 19. 12. 48 durchaus herzuleiten.

Denn mein Vater schrieb:
„….Nun mal zu Günter. Wie ich von anderer Seite erfahren habe, muss er sehr wild sein, aber lass mal, er wird schon recht werden…"
Dieser Fritz!

In diesem langen Schreiben steht aber auch:
„Nicht verzagen, es kommen auch mal bessere Tage". Möglicherweise hatte Klara nach seinen Worten: „…Auf baldiges Wiedersehen! Tausend herzliche Grüße Euch und allen Bekannten!", die große Hoffnung geschöpft, ihr Mann käme jetzt bald nach Hause.

Oswalds Brief vom Dezember 1948

Jedenfalls war das Weihnachtsfest 1948 eines der Schönsten, an das ich mich erinnern kann. Klara und ich feierten ganz alleine Weihnachten. In der Küche stand ein mit viel Lametta geschmückter Weihnachtsbaum. Klara hatte ein dunkelblaues Kleid mit roten Punkten an.

Wir sangen zusammen Weihnachtslieder. Und es gab etwas ganz Besonderes: Apfelsinen!

Als Klara mir sagte, gerade wäre das Christkind am Fenster vorbei geflogen, glaubte ich ihr das. Ich liebte meine Mutti Klara.

Kurz vor meinem achten Geburtstag schrieb mein Vater mir wieder eine 'Carte postale du prisonnier de guerre', eine Kriegsgefangenen-Postkarte, aus der SSSR. Sie war die Antwort auf eine Karte, die ich zuvor meinem Vater geschrieben hatte.
Sie lautete:

> Lieber Günter! den 30. Jan. 1949
> Da mich Deine Karte vom 17.11.48 sehr gefreut hat will ich Dir auch wieder zurück schreiben. Es sind leiden schon über vier Jahre her als ich Dich zum letzten mal gesehen, damals warst Du noch ein kleiner Junge, heute bist Du schon groß und ich werde Dich und Du mich nicht mehr erkennen. Warst Du auch immer artig wenn Dir Mutti was sagte und lernst Du auch gut in der Schule, das später auch was wird aus Dir damit Du nicht Schraßen fegen mußt. Was macht Mutti, wo, und was arbeitet Sie warum verheimlicht sie das. Ist Tante Anna und Peterlein noch bei Euch. Was macht denn Onkel Karl, Peter u Fritz? Gehst Du auch oft nach Sinnerthal. Will hoffen daß ich in diesem Jahr nach Hause komme dann werden wir wieder zusammen halten. Zu Deinem Geburtstag wünsche ich Dir alles gut. Herzliche Grüße! Dein Papa
> Viele Grüße an Mutti u. alle anderen! Auf Wiedersehen!

Oswalds Brief vom 30.1.1049

Dann, in seiner Post vom 20. Juli 1949: „... Ihr schreibt von den Pfingstfeiertagen, ja, das waren immer meine schönsten Tage, von denen man heute manch schöne Erinnerung hat, aber schon 10 Jahre sind die Tage so schnell an einem vorüber gezogen und man fragt sich oft wie lange noch."

Und schließlich:
„Lieber Günter!
Auch deine Karte vom 26. 5. habe ich mit vielem Dank erhalten. Es freut mich besonders deine Zeilen zu lesen. Du schreibst, dass es Sommer ist und Du gerne mit mir Spazieren gehen wolltest, ja ich wüsste nicht, was ich lieber machen würde, aber mein Junge, Du musst auch warten wie noch viele andere Jungen auf ihren Papa warten, müssen, aber einmal wird es doch werden und ich werde dir dann deine 1000 Fragen beantworten. Bleibt alle gesund! Viele Grüße!
Oswald"
Ja die Fragen, die Antworten und die Sehnsucht durchdrangen jahrelang den Eisernen Vorhang. Ich fand kaum eine Karte meines Vaters, in dem das nicht zum Ausdruck käme.

Als ich fast neun Jahre alt war, kam mein Vater endlich aus sibirischer Gefangenschaft zurück. Mit meiner Mutter fuhr ich nach Homburg, wo der Zug mit den Heimkehrern ankam. Eine Blaskapelle, viele Frauen mit Kindern, Omas und Opas sowie ein paar Herren in dunklen Anzügen standen auf dem Bahnsteig. Als der Zug einlief, begann die Kapelle einen Begrüßungsmarsch zu spielen. Als der Zug hielt, stiegen über hundert Männer in grauen, dicken, vertikal abgesteppten Jacken aus.
Die Blaskapelle verstummte und jemand von den Herren in den dunklen Anzügen setzte zu einer Begrüßungsrede an.
Das war eigentlich überflüssig, denn die Hälfte der Rede ging im Rufen der mit hochgereckten Hälsen auf die Heimkehrer zustürmenden Frauen unter. Klara zog mich losstürmend hinter sich her, kämpfte sich im Slalom um die sich in die Arme fallenden Paare herum und blieb plötzlich stehen. Da stand er, Oswald, mein Vater. Klara ließ mich los und fiel ihm um den Hals.

Dann ließen sie voneinander ab und wandten sich mir zu. „Gib ihm die Hand, das ist dein Papa", sagte meine Mutter. Etwas verlegen gab ich dem fremden Mann die Hand. Oswald sagte: „Du bist aber schon groß geworden." Was sollte er auch sonst schon sagen.

Da hatte er sich jahrelang danach gesehnt und ich habe es mir gewünscht, dass wir uns endlich einmal sehen, und dann waren wir uns fremd. Es war so, wie er es im Mai 1948 schon vorausgesehen hatte.
Ich war ein großer Junge, und er konnte mich nicht mehr wieder erkennen.
Es war ziemlich seltsam für mich, dass ich plötzlich Tag und Nacht unsere Wohnung mit einem „fremden" Mann teilen sollte. Ganz und gar nicht war ich es gewohnt, meine Mutter mit irgendjemand zu teilen. Ich war regelrecht eifersüchtig auf meinen Vater.
Und dann mischte der sich auch noch in meine Erziehung ein! Schrieb mir vor, welche Länge meine Haare haben dürften. Dass ich ab sofort die Kohle für den Küchenherd aus dem Keller hochzuholen hätte. Dass ich das Feuerholz hacken solle und wie lang und dünn die Hölzer sein dürften.
Und dass ich nicht eher zu meinen Kameraden auf die Straße durfte, bis ich alle meinen Pflichten erledigt hätte. Das einzige Gute war, dass er sagte, ich brauchte sonntags nicht in die katholische Kirche zu gehen.
An manchen Tagen dachte ich, als ich die gesteppte Jacke sah, die noch hinter der Kellertüre hing: Wie schön war das doch, als er noch in Sibirien war.

Es brauchte lange, bis Oswald und ich ein akzeptables Vater-Sohn-Verhältnis zueinander fanden. Ganz warm sind wir eigentlich nie geworden. Wenn ich heute die Post lese, die Oswald aus der Gefangenschaft geschrieben hatte, bin ich beschämt.

Denn in seinen Briefen erkenne ich, dass er ein warmherziger Mensch war. Krieg und jahrelange Gefangenschaft haben ihm vielleicht die Fähigkeit geraubt seine Gefühle zu zeigen. In den Schreiben, die wir aus Sibirien bekommen hatten, konnte er Gefühle noch ausdrücken. Nach seiner Gefangenschaft war er nicht mehr fähig sie auszusprechen. Er war verbittert: über zehn Jahre verlorene Jugend. Heute denke ich, das raubte ihm die Fähigkeit seine Gefühle im direkten Umgang mit mir und anderen Menschen offenzulegen. Eben das zeigte sich auch noch später, als ich 17 Jahre war.

Doch zunächst zurück zu den Jahren unseres Kennenlernens.

Mein Vater bekam zwar neue Kleider, doch seine Erinnerungen legte er damit nicht ab. Am 29. Dezember 1949 wurde der Heimkehrer Oswald Diesel von der Kriegsgefangenenfürsorge des Roten Kreuzes mit:

1 Anzug,
1 Paar Schuhe
1 Paar Strümpfe
1 Oberhemd
(kein Unterhemd!)
1 Unterhose

ausgestattet.

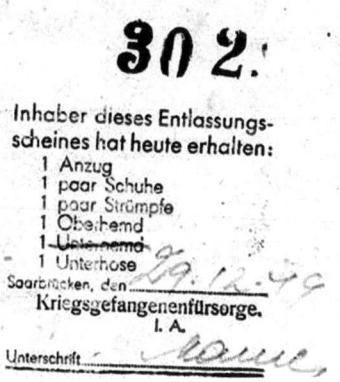

Dessen ungeachtet blieb die graue Stepp-Jacke jahrelang im Dunkel hinter der Kellertüre hängen. So wurde sie für mich zeitlebens zum Symbol für Sibirien, für Wölfe und Kälte. Oswald saß oft an unserem Küchentisch und erzählte vom Krieg und seiner Gefangenschaft. Von den kalten Baracken, in denen er schlief und der Kohlsuppe, die er zu essen bekam.
Er erzählte auch von mehreren Metern hohem Schnee, eisigen Temperaturen, von Wölfen und von Menschen, die Schlitzaugen und pechschwarze Haare hätten.
Oswald kam mir vor wie ein Held aus einer fremden Welt. Was ihn mir allerdings nicht näher brachte, sondern das Sich-Fremd-Sein in unserm Sohn-Vater-Verhältnis weiterhin aufrechterhielt.

Oswald war durch die Gefangenschaft noch ziemlich geschwächt gewesen. In Alma Ata musste er ja im Bergwerk und in Semipalatinsk im Wald beim Holztransport arbeiten. Zu Hause versuchte er ein Jahr lang in verschiedenen Firmen eine Arbeit zu bekommen, hatte jedoch wenig Erfolg dabei.

Von Religion wollte Oswald nun ja gar nichts mehr wissen. Der Name Gott kam ihm nur über die Lippen, wenn er bedauerte, dass Gott es zugelassen hatte, dass er zehn Jahre seiner Jugend verloren hatte. Gerade die katholische Gottgläubigkeit, die päpstlichen Dogmen und den katholischen Anspruch, die allein selig machende Kirche zu sein, missbilligte er. Dass ich in eine katholische Schule ging, war ihm gar nicht Recht. Hatte eine seiner Schwestern ihm doch vor Jahren per Feldpost mitgeteilt, dass sie mich evangelisch getauft hätten. Meine katholische Rück-Taufe konnte Klara nur mit der argumentativen Unterstützung meines Bildstocker Patenonkels, ihres Bruders Karl, verteidigen.

Wenige Monate nach Oswalds Heimkehr hatte sie ihn soweit, dass er sogar eine dicke Kröte schluckte und nicht verhinderte, dass ich zur Kommunion ging.

Das hieß aber nicht, dass er danach meine Teilname an kirchlichen Veranstaltungen wortlos hinnahm.
Sonntagmorgens gab es dazu immer die Gelegenheit sein Missfallen kundzutun.

Klara war ja trotz der unfreundlichen Behandlungen, die die Bildstocker Kleriker ihr zukommen ließen, immer der Meinung, man solle doch besser in die Kirche gehen. Denn am Ende wüsste man ja nicht, ob das nicht doch für den Eintritt in Gottes Reich von entscheidender Bedeutung wäre. Wenn ihr auch, wegen der Heirat mit einem ungläubigen Protestant, das Himmelstor versperrt bleiben sollte, so sollte wenigstens ich eine Eintrittschance haben.

Günters Kommunion

Also bestand sie darauf, dass ich sonntags in die Kirche ging.
Ein anderes Tor blieb mir in der Tat damals versperrt.
Das Tor zum Gymnasium. Meine Schulnoten waren eigentlich so gut, dass mein Lehrer eine Empfehlung für den Übergang von der Volksschule zum Gymnasium aussprach. Doch mein Vater war dagegen.
Oswald meinte das könnten wir uns nicht leisten, weil er noch keine vernünftige Arbeit hätte.

Ein wenig Egoismus, gewachsen aus seinem Nachholbedürfnis in Sachen 'endlich sorgenfrei leben', spielte da bei seinem Nein wohl auch eine Rolle.

Als mein Vater dann endlich eine Arbeit auf dem Neunkircher Eisenwerk fand, hörte meine Mutter auf bei der Fahrsteigerfamilie zu arbeiten. Oswalds Verdienst war jedoch nicht so üppig, als dass ich jetzt endlich so essen hätte können, wie es die Bauern- oder Bergarbeiterkinder schon lange konnten Samstags und sonntags gab es allerdings, Dank Oswald, etwas Besonderes. Er hatte jahrelang nur Kommissbrot gegessen und wollte endlich mal wieder Weck und Brötchen essen. Deshalb gab es zum Wochenende Weck mit Eierschmiere.

Eierschmiere, das war eigentlich nichts anderes als eine Pfanne voll, durch zwei Eidotter gelb gefärbte Mehlpampe, in die sich noch ein paar angeröstete Speckwürfel verirrt hatten.

Sonntags morgens gab es Milchbrötchen mit Kakao, d. h. die Brötchen wurden in den Kakao getaucht und so gegessen. Da die Brötchen schon „so teuer waren", gab es keinen Belag dazu. Noch nicht einmal die selbst gemachte *Sießschmier* (Marmelade), die Klara in dem großen, roten Topf einweckte, in dem wir samstags auch unser Badewasser heiß machten.

Übrigens badeten wir in den frühen fünfziger Jahren immer noch in der Küche. Die Reihenfolge, in der wir in die Wanne stiegen, hatte sich jedoch geändert. Pitt, nach Oswalds Einzug, mit seiner Mutter badete zusammen in deren Küche im Dachgeschoß. Bei uns stieg Klärchen zuerst in die Wanne, dann kam ich und Oswald kam zuletzt an die Reihe.

Auf dem Kohlenherd stand immer der Kaffeekessel voll heißem Wasser bereit, mit dem das Badewasser vor dem zweiten Waschgang nochmal auf Temperatur gebracht wurde.
In der Zeit, in der meine Mutter badete, musste mein Vater und ich im Wohnzimmer ausharren. Oswald hörte Radio und ich empfand alles als stinklangweilig.

Einmal dachten wir Klara wäre fertig und ich stürmte an die Zimmertüre um heißes Wasser nachzufüllen, weil ich ja an der Reihe war. Als ich die Türe öffnete, stand Klara nackt in der Küche und ein gellender Schrei ließ mich zusammenfahren.
Ich konnte gerade eine weibliche Figur schemenhaft im Wasserdunst wahrnehmen, erschrak und knallte sofort wieder die Türe zu.

Trotz der Unerhörtheit hatte das Ereignis kein zurechtweisendes Nachspiel für mich. Denn Oswald dachte auch, sie wäre fertig gewesen und sagte: *„Ei Klara du brauchschd jòh aach eewische"* (Nun, Klara, du brauchst ja auch ewig).
Die sich unbeabsichtigter Weise ergebende Chance wenigstens mal eine blanke weibliche Brust zu Gesicht zu bekommen, war mir nicht gegönnt gewesen. Ja, nach dem hektischen Akt konnte ich noch nicht einmal sagen, ob ich das *Klärchen* von vorne oder von hinten gesehen hatte!

12 Bischofstage

Nun waren wir zu dritt. Acht Jahre lang schliefen Klärchen und ich in zwei Betten nebeneinander, im gleichen Zimmer. Damals konnte ich den Zeitpunkt des Einschlafens problemlos hinauszögern.

Jetzt musste ich das Bett neben Klärchen für Oswald freimachen. Erbarmungslos schickte der mich abends Punkt sieben Uhr zum Schlafen ins Dachgeschoss.
Unterm Dach musste ich fortan mit Pitt das Zimmer teilen. Das hatte auch seine Vorteile. Mit Pitt zusammen schlief ich keineswegs früher ein. Oft tobte in der Dachkammer im wörtlichen Sinne ein Kampf um die Lufthoheit. Wenn wir uns heftige Kissenschlachten lieferten, so waren das nur die niedrigsten Ebenen der Konfrontation.
Die Eskalation, die schlussendlich zur Entscheidung über den Beherrscher des Raumes führen sollte, war der weiteste Sprung vom höchsten Schrank in ein Bett.
Natürlich rief der „Schlachtenlärm" das Eingreifen unserer Eltern hervor.
Außer dem Ermahnen, die Betten könnten dabei kaputtgehen, gab es von Klara und Antonie auch schon mal Prügel. Natürlich behauptete Pitt dann, ich hätte damit angefangen, und außerdem wäre er ja nicht so schwer, dass bei seinem Sprung ein Bett kaputt gehen könnte.

Die Kämpfe um die Oberhoheit in der Dachkammer hatten viele Facetten. Ich versuchte sie mit Kraft und besonders mutigen Sprüngen für mich zu entscheiden.

Das *„Pittsche"* benutzte andere, auf seinem Sprachtalent aufbauende Methoden. Er besorgte sich ein besticktes Tischtuch, hängte es sich über die Schultern und spielte den Fürstbischof. Im Gegensatz zu mir war Pitt ein frommer Katholik. Als frommer Kirchgänger waren ihm die liturgischen Sprüche, die er sonntags im Hochamt hörte, ja geläufig. Gespickt mit lateinischem Singsang würdigte er mich herab. Er schleuderte mir Sätze wie: „Knie nieder du unwürdiger Wurm, wenn dein Hirte vor dir steht", oder: „Er salbe mir die Füße, der armselige Sohn des Teufels", entgegen. Dabei suchte er immer eine höhere Warte auf, von der er seine arroganten Schmähreden verbreitete.

Entweder stand er dann aufrecht im Bett oder oben auf der Hoftreppe vor unserem Haus und schaute hochnäsig auf mich herab. Ich weiß nicht, warum er das so oft wiederholte, denn jedes Mal, wenn er das tat, fing ich ihn ein und verprügelte ihn, bevor er sich hinter seiner Mutter verstecken konnte. Antonie beschwerte sich dann immer bei Klara, dass der Grobian Günter ihr zartes Peterchen mal wieder verhauen hätte.

Meine nachhaltigste Rache kostete das zarte Peterchen sogar einen Zahn. Und zwar, als er wie eine Ballerina über den Lattenzaun in unserem Hof tänzelte. Dabei schleuderte er von oben herab wieder seine Beleidigungen auf mich. „Du bist doch nur ein tollpatschiger Bär, der nicht mal balancieren kann", beleidigte er mich. Zugegeben, gegenüber dem leichtfüßig wandelnden Pitt wäre ich, gleich einem torkelnden Bär, vom Zaun gefallen.

Doch der Pitt fiel auch! Ich habe ihn nämlich vom Zaun herunter geholt und ihm so einen Kinnhaken verpasst, dass ihm ein Zahn wegflog. Da war das Geschrei aber groß. Er rannte zu seiner Mutter und Antonie lief diesmal nicht gleich zu Klara, um sich zu beschweren, sondern hinter mir her. Sie bekam mich natürlich nicht zu fassen, doch traute ich mich erst ins Haus, als es schon dunkel war. Klara machte sich Sorgen, als ich nicht nach Hause kam. Sie suchte mich, und als sie mich hinter den Bretterstapeln bei dem Katzennest fand, getraute ich mich erst in ihrem Geleitschutz wieder in das Haus.

Manchmal kam unsere Kusine Heidi, die Tochter von Karl, meinem dritten Paten, zu uns. Sie war fast 4 Jahre jünger als ich und damals noch in Märchenwelten zu Hause. Die Shows, die Pitt abzog, imponierten ihr sehr. Insbesondere dann, wenn er mich von höherer Warte herab als „Handkäschen" bezeichnete. Damit gehörte Heidi für mich automatisch zur gegnerischen Partei.

Und wenn ich den Pitt dann wieder versohlte, hat sie möglicherweise auch mal eine abbekommen. Jedenfalls behauptet sie das heute noch.

Mein Onkel Karl, der Schreinermeister, erbte nicht nur das Holzgeschäft, sondern auch das mit der Einsargung.
Beim Sarglegen begleitete ihn oft meine Mutter, die Schreinertochter Klara. Klara wusch dann die Toten und zog ihnen das Leichenhemd über. Sie drückte ihnen die Augen zu und steckte ihnen ein Stück Zitrone zwischen die Lippen, damit der Mund sich schloss.

Karl schaffte die Leichen in die Kiste und nagelte den Sarg zu. Ja, ich habe es mit eigenen Augen gesehen, denn ich fürchtete mich nicht vor Toten, nur vor Räubern und Wölfen. Wenn Karl sagte: „Willst du mitgehen?", ging ich mit. Ich glaube, Pitt hatte er nie danach gefragt.
Dabei hätte der doch noch salbungsvolle Worte während Karls Arbeit sprechen können.

Es ist ja nicht so, dass der Pitt ganz mutlos gewesen wäre. Er wagte es sogar, in Biels Garten zu steigen!
In Biels Garten, den deren Schwiegersohn, der Finanzbeamte Müller, pflegte! Er tat es um einen Ball vor der Verbrennung zu retten. Nebenbei ließ Pitt gerade mal deren Hühner aus dem Stall. Und danach war er so dreist, dass er der Frau Biel aufgeregt davon berichtete, dass die Hühner frei wären und den ganzen Blumenkohl von Herrn Müller zerpflückten. Das war seine Rache für verkohlte Bälle.
Wie schon gesagt, ungeachtet der Erniedrigungen die Peter mir, und der physischen Gewalt die ich ihm angedeihen ließ, waren wir außer Haus eine verschworene Gemeinschaft. Man nannte uns die *„Sattlerbuuwe"*.
Sattler, nach der Schreinerei im Elternhaus unserer Mütter. Peters und mein Vater waren halt Fremde im Ort.

Wenn es gegen andere Jungs ging, kooperierten Peter und ich sogar vorzüglich miteinander. So waren wir in den Spielen Stadt-Land-Fluss und Tier-Quiz, dank gegenseitigem Training, unschlagbar.

Auf der Straße spielten wir mit den Jungs aus der Nachbarschaft „Landeroberung". Dabei musste man eine heftlose Feile so geschickt mit dem spitzen Ende in die Erde schleudern, dass sie steckenblieb. Vom Treffpunkt aus durfte man dann ein Territorium abgrenzen, das dann der Landgewinn war. Wir spielten auch *Bittsch*. Dabei musste man mit einem Stock auf ein, auf der Erde liegendes, an beiden Enden angespitztes Stöckchen schlagen.
Traf man eines der spitzen Enden günstig, dann wirbelte das Stöckchen hoch durch die Luft. Sieger war derjenige, dessen Stöckchen am weitesten flog.

Im Sommer spielten wir Tag für Tag *Kliggà* (Murmel). Gespielt wurde mit *Schdahlschà* (Kugellager-Kugeln), *Selzschà* (Glaskugeln) und Porzellan-Kugeln. Und dann gab es noch die Betrüger, die mit *Lähmschà* spielten. Diese Schufte versuchten mit selbst geformten Lehmkugeln, die nur luftgetrocknet und farbig angepinselt waren, den anderen ihre Stahl- oder Glaskugeln abzujagen. Wenn ihre Kugeln während des Spiels zerbrachen oder man die Dinger erkannte, weil die Farbe ab ging, mussten die Kerle alles rausrücken, was sie in ihren Taschen hatten, oder sie bekamen Prügel.

Natürlich spielten wir auch Verstecken. Besonders ein Versteckspiel blieb mir in guter Erinnerung. Ein Haus weiter, neben Biels Garten, in dem die Bälle verschwanden, stand ein Schulhaus. In dessen Schulhof spielten wir häufig Fußball und Völkerball. Hin und wieder durften auch die Mädchen aus unserer Straße mitspielen.

Aber nur beim Völkerball und beim Versteckspielen. Und das auch nur, wenn sie einen Fürsprecher hatten. Unter *„rischdische Buuwe"* (richtigen Buben) war das Sichabgeben mit Mädchen verpönt. Einer, der das tat, wurde als *„Määdefreijà"* (Mädchenfreier) beschimpft. Für mich, damals 10 Jahre alt, waren Mädchen Wesen denen ich mich nur schüchtern und verlegen, aber dennoch mit größter Neugierde näherte.

Mir ging das ja fast so wie den evangelischen Kindern von Sinnerthal mit mir, dem katholischen Fremdling. Mein Cousin Peter war da schon weiter als ich und die anderen Jungs. Er war *Määdefreijà* und ein Mädchen-Fürsprecher. Er setzte durch, dass die schon 12-jährige Wanda mitmachen durfte.

Im Umfeld um das Schulhaus gab es viele Verstekkmöglichkeiten. Sehr gute Verstecke befanden sich im Schulgarten und in dem Toilettenhäuschen, das in dem Garten stand.

Das Häuschen war zweigeteilt. Rechts gab es sechs Plumpsklos für Mädchen und links drei Klos sowie eine Pinkel-Rinne für Buben.

Die Abortbatterie war ein besonders guter Versteck-Ort. Kaum ein Mädchen, oder umgekehrt ein Bub, traute sich in der jeweils dem anderen Geschlecht vorbehaltene Abteilung nachzuschauen, ob sich darin Mitspieler oder Mitspielerinnen versteckt hatten. Der gerissene Pitt wusste das. Das Häuschen hatte ein Satteldach, und ein Teil der Aborte war mit einer Decke nach oben abgeschlossen.

So verfügte das Häuschen unterm Dach über einen kleinen Speicherraum. Dort hatte der Schul-Hausmeister das Heu für seine Stall-Hasen gelagert.

Ich weiß nicht wie der Pitt die Wanda dazu brachte mit ihm auf diesen Dachboden zu klettern und sich mit ihm im Heu zu verstecken. Alle Mitspieler wurden gefunden, außer den beiden.

Alle Kinder suchten und riefen nach den beiden, aber auf die Idee, dass sie im Heu sein könnten, kam niemand. Wir gaben das Rufen schließlich auf, und ich besuchte die Pinkel-Rinne. Als ich da so an der Wand stand, hörte ich über mir das Gemurmel und Kichern von zwei Personen. Da war mir alles klar. Der Pitt erkundete dort oben die Natur des Unvorstellbaren!
Nach einer Stunde verließ das Paar grinsend sein Versteck. Und weil ich keine Vorstellung von den mir bislang verborgen gebliebenen Besonderheiten des weiblichen Körper hatte, bedrängte ich den Pitt mir zu berichten, was sie dort gemacht hätten und wie denn das, das ich mir nicht vorstellen konnte, aussähe.
Ganz in seiner bischöflichen Manier sagte er nur: „Das verstehst du doch nicht. Wir haben Doktor gespielt."

14 Haldenhelden

Als ich 10 Jahre alt war, wurden auch Bergehalden und Schlammweiher zu meinen Abenteuer-Spielplätzen. Dort fand man richtige Schätze, z. B. versteinertes Farnkraut und *„Katzegold"* (Pyrit). Und wenn man sich eine *„Schlengàdoos"* (Schleuderdose) machen wollte, musste man zuvor auf die Bergehalde klettern, weil es dort *Schießdròhd für* den Henkel gab.
Bei allen Haldenbesuchen musste man natürlich aufpassen, dass der *„Gruuwehiedà"* (Grubenwächter) einen nicht erwischte. Deshalb wartete man, bis die Sirenen um 2 oder 6 Uhr nachmittags Schichtwechsel anzeigten und die Luft rein war.
In manchen Halden entzündete sich die Restkohle. Dann stank es gelegentlich kilometerweit nach faulen Eiern. Der Gang über diese Halden war lebensgefährlich. Wenn es dort im Inneren brannte, dann bildeten sich verborgene Hohlräume.

Diese Löcher waren wahre Todesfallen. Das hielt saarländische Häuslebauer aber nicht davon ab dort nach Brauchbarem zu suchen. Zum Beispiel nach *Gruuwegummi*. Davon konnte man nicht nur Sandalen machen oder Pullover stricken, sondern auch den Gartenpfad auslegen und den Hasenstall hinterm Haus abdecken.
Nach dem Geheul der Bergwerkssirenen war Schichtwechsel. Dann kamen Männer mit schwarzen Augenrändern und blauen Narben im Gesicht aus den Schächten. Die Narben stammten vom grauen Dreck der dem Gestein anhaftete, das bei der Arbeit unter Tage auf sie herabgefallen war.

Sie gingen zuerst in die *Kaffeekisch* (Caféküche), spülten den Gesteinsstaub mit Bier herunter und stärkten sich mit Weck und *Lyoner* (saarl. Fleischwurst).

Dann schnappten sie ihre *Muddàglitzschà* (Mutterklötzchen = Holzpfosten-Abfallstück), spuckten, bevor sie in den *Gruuwebus* (Betriebs-Bus) stiegen, den braunen Prim aus, steckten sich schwarze *„Berschmannsgudzja"* (Husten-Bonbons) in den Mund und fuhren heim.
Manchmal gingen sie auch noch ins Gasthaus zur Post, zum „Kraus Karl", um „Einen" zu trinken. Der Karl war Bergmann und Wirt. Unter Tage ließen seine Kumpels ihn in einer Koje schlafen, weil sie dann bei ihm nach der Schicht Freibier trinken konnten.

Nach der Bier-Schicht bauten die fleißigen *Knebbesjà* (Kohlen-Kumpels) dann noch ihre Häuser. Und dabei halfen sie sich gegenseitig. Das führte dazu, dass es nirgendwo in Deutschland so viele Eigenheime pro Kopf der Bevölkerung gibt wie im Saarland! Ein anderer Rekord, man mag es in Bayern nicht glauben, aber es stimmte, damals wurde nirgendwo so viel Bier pro Mann getrunken wie bei uns!

Manche Bergleute oder Hüttenarbeiter nahmen lange Märsche auf sich, um zur Arbeit und wieder nach Hause zu gehen. Wenn sie nachts über das Kopfsteinpflaster marschierten, knallten ihre mit Nägeln beschlagenen Arbeitsschuhe auf das Kopfsteinpflaster, so dass jeder hören konnte, dass die *Hardfießlà* (Hartfüßler) wieder unterwegs waren.

Wenn die Wander-Strecken zu ihren Heimatorten zu lang waren, dann blieben sie während der Woche in der „Kolonie" und wohnten nahe ihrer Arbeitsstätten in sogenannten Schlafhäusern. Nur über das Wochenende wohnten sie bei ihren Familien auf dem Land, außerhalb des Industriereviers.

Sie betrieben in der Regel noch eine kleine Landwirtschaft, und ihre Samstage und Sonntage waren auch Arbeitstage.

Aber auch in der „Kolonie" wurde Heu gemacht, denn die hier Ansässigen hatten außer Hasen und Hühnern noch eine „Bergmannskuh", eine Ziege.

Wenn die Kumpels mal ihre Ruhe haben wollten, saßen sie stundenlang im Taubenschlag. Sie spielten Fußball und gründeten Gesangsvereine. Ja, sie sangen trotz Staublunge im Saarknappenchor!

Mit dem „überschüssigen" Material, das überall auf dem Gruben- oder Hüttengelände *„e'rum geläh hädd"* (herum lag), bauten die Bergleute und die Männer vom Eisenwerk an jedem Weiher eine Fischerhütte. Sie statteten jeden Angelverein, jeden Gruben- oder Hüttenbeamten und jeden Briefträger mit einem *„Schwengkà"* (beweglich aufgehängter Grill-Rost) aus. Sie brauchten keinen Maurer, Zimmermann, Elektriker oder Plattenleger.

Sie hatten zwei rechte Hände.

Die Arbeit unter Tage fügte vielen Häusern an der Tagesfläche Risse zu und kippte sie in Schieflage. Besonders, wenn ein Haus zwischen „Nulllinie" und „Senkungstrog" stand,

Dann neigte sich ein Haus oft so weit, dass die Türen von selbst zuschlugen und man den Suppenteller nur halbvoll machen konnte. Sonst wäre die Suppe über den Rand gelaufen.
So war es auch bei unserem Haus. An der hinteren Hausseite stand es 12 cm höher als an der vorderen. Es hatte überall Risse. Man verkleidete es irgendwann mit Fassaden-Platten damit man die Risse nichtmehr sah. Man es auch satt ständig die Risse zuzuspachteln.
Meistens nahmen die Saarländer die Bergschäden aber geduldig hin, weil Bergbau von zentraler Bedeutung für das Land war.
Natürlich lebte nicht jeder in Frieden mit der *Gruub (Bergbaugesellschaft).* Mancher Hausbesitzer trug seinen Streit mit ihr wegen der Bergschadens-Beseitigung vor Gericht aus.
Karl, der Schreinereibesitzer, freute sich jedoch über jedes schiefe Haus. Er korrigierte die Fußböden ins Gefällefreie oder nagelte „Abgehängte Decken" in die Wohnzimmer.
Manchmal hasste ich die Kohle. Und zwar immer dann, wenn im Herbst der Kohlenhändler 40 Zentner davon oben auf den Gehweg vor unserem Haus abgekippt hatte. Dann musste ich das Zeug in eine Schiebekarre schaufeln, durch unseren Hof ans Haus zum Kellerfenster fahren und dort abkippen. Es galt dann, die Kohle durch das schmale Fenster-Loch der Hauswand in den Keller zu schaufeln. Meine Mutter stand unten im düsteren Keller und verteilte die einfallende Kohle. Wenn mein Vater von seiner Arbeit auf dem Neunkircher Eisenwerk nach Hause kam, dann lobte er mich nicht weil ich so fleißig war. Sondern er schimpfte: *„Jetzt hasch'de widdà mit dà Schibb laudà Magge enn die Sandschdään ums Kellàfenschdà geschlaa!"* (Jetzt hast du wieder mit der Schaufel viele Schäden in die Sandsteine um das Kellerfenster geschlagen).

Ich ärgerte mich auch beim Straßekehren über die Kohle und den Schlamm, den die Bergbaufahrzeuge in der Straßenkurve vor unserem Haus in die Rinne abgekippt hatten. Und alle Hausfrauen ärgerten sich über den Ruß auf ihren Wäscheleinen und den Fensterbänken.
Ja, in der Nachbarschaft der Schloten von Eisen-Hütten und Kohlen-Gruben schlug sich der Staub der Arbeit nieder.
Doch die Industrie des Landes war gleich Inseln in Wälder oder Wiesen gegründet worden. Diese natürlichen Immissionsfilter senkten die Staubausbreitungen.
Jenseits der Grenzen hat man jedoch ein anderes Bild des Landes. Das Saarland war und ist aber keineswegs nur ein schmutziges, tristes Montanrevier. Obwohl man hier 250 Jahre lang vorrangig in Sachen Kohle und Stahl dachte, schätzte man die schönen Wälder und grünen Landschaften, die den überwiegenden Teil des Landes ausmachen, sehr.
Sonntags machten die Berg- und Hüttenarbeiter Ausflüge in den Wald und in die Felder jenseits von Schlammweihern, Schachtanlagen und Bergehalden.

Sie wanderten durch das reich gestaltete Hügelland. In den Wiesen mit Wein und französischem Käse zu picknicken war üblich.
Das „Schwenken" (grillen auf frei beweglichem Rost) wurde „nationales Identifikationsmerkmal".

Lyoner wurde eine unverzichtbaren „Staatswurst".
Und die Kumpels entspannten sich angelnd an hunderten Fischteichen.

Kaum jemandem aus „*dem Reich*" (dem übrigen Deutschland) vermutete das. Das Saarland galt gemeinhin als eine unbekannte, francophile Schmuddelecke am Rande der Republik.

Heute sind die saarländischen Kohlengruben aufgelassen, d.h. zugemacht. Jüngere Bergleute wurden ins Aachener Revier oder an die Ruhr versetzt. Sie gingen nicht mit Freude
Nun wachsen saarländische Bergmannskinder dort wenigstens nicht mehr im nationalen Abseits auf.
Nach der Grubenschließung ist in unserer geschmähten Ecke aber eine neue Zeit angebrochen. Heute werden aus Schlammweihern Naherholungsgebiete und aus den Halden werden Wanderziele.

Heute fragen kleine saarländische Jungs, was das für glänzende, schwarze Steine sind, die man auf der als „Alm-Fan-Park" umgestalteten Bergehalde Reden findet. Sie wissen nicht mehr, dass diese schwarzen Steine brennen. Für sie ist „Kohle" nur noch das, was ihre Väter auf dem Bankkonto haben.
Als ich noch zur Schule ging, wusste ich, dass sogar Kohleschlamm brennt, wusste aber nicht, was ein Bankkonto ist.

15 *Fleischbeschau*

Die Antwort die mir mein Cousin Pitt damals, 1951, nach seinem Doktorspiel gegeben hatte, war nicht befriedigend. Allerdings steigerte sie enorm meinen Willen, selber den Unterschied zwischen Mann und Frau herauszufinden. Und Isolde sollte mir die Chance dazu bieten. Isolde war die wohlgenährte Tochter eines Bauern. Meine Tante, die Kriegerwitwe *Jättschen,* half dem Bauern bei der Hofarbeit.
Dafür bekam sie Kartoffeln, Kohl und Fleisch. Und wenn ich wieder mal bei *Jättschen* in Ferien war, nahm sie mich zu diesem Bauern schon mal mit.

Zum Beispiel auch einmal, als dort ein Schwein geschlachtet wurde.

Schlachttag

Man band der Sau ein Seil um das Vorderbein und zerrte sie aus dem Stall hinaus in den Hof. Dort band man sie an einem Pfosten an. Das Schwein quiekte panisch, als wenn es geahnt hätte, was demnächst passieren würde.

In der Zeit, als man eine Leiter an die Stallwand stellte, eine Blechwanne anschleppte, heißes Wasser bereitete, Schüsseln aufstellte und auf den Metzger wartete, schaute ich mich nach Isolde um. Bei ihr wollte ich der unbekannten Sache auf den Grund gehen. Und zwar, wie es mir Pitt vorgemacht hatte, beim Versteckspiel. Heu gab es ja auf dem Hof bedeutend mehr als es Pitt überm Schulpissoir zur Verfügung stand. Also, mit Isolde ab in die Scheune.

Erstaunlicherweise schien das Mädchen überhaupt kein Interesse daran zu haben, sich ernsthaft vor mir zu verstecken. Sie stand zwischen dem ganzen bäuerlichen Gerümpel in der Scheune vor mir und sah mir freundlich in die Augen. Ich weiß nicht woran es lag. Ob an meiner schüchternen Unbeholfenheit oder an dem extremen Silberblick, mit dem Jolande mich herausfordernd ansah. Mir wurde die Sache zu heiß! *„Òh, jetzd werrd die Wutz geschlachd"* (Oh, jetzt wird das Schwein geschlachtet), rief ich, ließ die runde, schielende Isolde stehen und stürmte aus der Scheune.

Ich kam gerade noch rechtzeitig, als der Metzger dem Schwein mit einem langstieligen Hammer eins auf den Schädel gab. Die Sau fiel sofort um. Aber ich zweifelte daran, dass sie schon tot war. Denn als sie auf der Seite am Boden lag, zuckte sie noch mit den Hinterbeinen.
Doch der Metzger machte dem Zucken ein Ende, indem er dem Tier ein Messer in den Hals stach. Schnell schob die Bäuerin dem Schwein eine Schüssel unter und fing das auslaufende Blut auf. Dann wuchteten vier Männer die schwere Sau in die Blechwanne, in der sie das Tier mit heißem Wasser übergossen. So wurden die Schweineborsten weich gemacht, um sie anschließend mit einem Messer leichter von der rosa Schwarte abschaben zu können.
Danach trieb der Metzger dem Tier zwei S-förmige Haken durch die Fesseln der Hinterbeine. Mit vereinten Kräften wurde es dann mittels dieser Haken an der bereitstehenden Leiter aufgehängt, und mit einem breiten Beil schlitzte der Mann schließlich den Schweine-körper auf.
Dann folgte das eigentliche Schlachten. Ich verspürte nicht den Drang auch diesem Vorgang meine ganze Aufmerksamkeit zu widmen. Also schaute ich mich noch mal nebenan im Hof nach Isolde um. Schweineschlachten war für Isolde nichts Neues.

Und für mich interessierte sie sich schon gar nicht mehr.
Isolde stand an der Stallwand, schickte nacheinander drei Bälle an die Wand und fing sie in der gleichen Reihenfolge wieder auf. Wie sie das mit den bei ihr über Kreuz liegenden Blickrichtungen schaffte, war mir ein Rätsel.
Isolde traf ich später noch einmal, als meine älteste Sinnerthaler Kusine Thea den Bauernsohn Walter heiratete. Das Fest fand in dem Bauerndorf statt, aus dem auch ihr Vater, der Dorfpolizist Karl Ulrich, stammte. Karl brachte zu dem Fest zwei Hasen und ein Zicklein mit. Zusammen mit den Schlachtereien von Walters Elternhof bildeten sie die Grundlage für ein opulentes Festessen. Als Kleinkind wollte ich ja kein Fleisch, weil sich seine langen Fasern zwischen meinen Zähnen verfingen. Und danach lag jahrelang sonntags allenfalls mal ein stundenlang mürbe gekochtes Ochsenfleisch mit Meerrettich auf unseren Tellern. Bei dieser Hochzeit war es insbesondere das zarte Zickelfleisch von Onkel Karl, das mich in einen Zustand versetzte, als säße ich im Schlaraffenland zu Tisch. Und dazu gab es ja noch andere, seltene Köstlichkeiten. So, in einer endlos erscheinenden Doppelreihe, eine von mir nie gekannte Vielfalt an Kuchen.
Und am „Schlaraffenland-Tisch" saßen ich und die schielende Isolde ganz einträchtig nebeneinander. Jegliche Neugierde am anderen Geschlecht wich bei mir dem Interesse an den köstlichen Braten und an den Kuchen. Die dralle Isolde war wohl weniger wegen des seltenen Ereignisses einer derart zur Verfügung stehenden Vielfalt hoch erfreut. Reichlichkeit und Vielfalt gab es auch bei Isolde zu Hause. Sie hatte einfach nur Spaß am Essen.
Zu essen gab es in manchen Häusern im Überfluss.
Die, die es sich leisten konnten, stellten es bei Gelegenheiten wie einer Hochzeit regelrecht zur Schau. Heute assoziiere ich die Erinnerung an den Hochzeitstisch von Thea und Walter mit dem Bild „Die Bauernhochzeit" von Pieter Breughel.

Als Folge von Essens-Überangeboten bei Festen auf dem Lande, ließen sich die Gäste, die weniger guten Zugang zu Nahrungsmitteln hatten, etwas einfallen. Die Frauen nähten sich Taschen auf die Innenseite ihrer Röcke. Am Tisch stopften sie sich die Taschen, je nach Vorliebe, mit Braten oder Kuchen voll. In manchen Taschen fand sich wohl auch mal beides zusammen. Auf Theas Hochzeit pflegte Klara diese Art des Nahrungserwerbs auch. Staunend fand ich, dass das eine sehr gute Idee sei.

Die Hühner und das Zicklein, das Karl mitbrachte, schlachtete er eigenhändig in seiner Waschküche in Sinnerthal. Seine Schweine ließ er jedoch dort – wo normalerweise Lina die Wäsche kochte – auf die schon beschriebene Weise, von einem Metzger schlachten.
Ulrichs Waschküche wurde dann kurzerhand zur Wurstküche umfunktioniert.
Neben dem Fleischzerhacken, wurden in ihr auch Blut- und Leberwurst gemacht. Zuvor wurde der Raum gründlich mit heißem Wasser gereinigt. Insbesondere der kupferne Waschkessel wurde intensiv geschrubbt. Da waren ja noch Waschpulverreste drin und er war für das Kochen der Würste vorgesehen.
Beim Wurstmachen kurbelte ich schon mal den Fleischwolf, durch den außer der Leber und dem Bauchfleisch auch Schweineohren durchgejagt wurden.
Das war nicht so mein Fall. Wenn die Würste fertig gekocht aus dem Kessel herausgeholt waren, wurde aus der Kochbrühe „*Wòrschdsubb*" (Wurstsuppe) gemacht. In die fette Brühe wurden alle Fleischreste, auch die, die man vom Boden auflas, eingefüllt und alles wurde kräftig durchgekocht.
Wenn der Ulrich Karl „Wòrschdsubb" machte, war das halbe Dorf unterwegs Die Verwandtschaft und die Nachbarn kamen mit Eimern und Töpfen, um sich ihre Portion Suppe abzuholen.

Mir genügte der Geruch schon, der die Wurstküche erfüllte, und von der Suppe, die Klara in unserem Milchkessel nach Hause trug, wollte ich nichts essen.

16 Speckzeitalter

Zu der Zeit brachte meine Mutter mich in den Schulferien auch öfter mal nach Gresaubach zum Hof von *„Gevaddá Matz"*. Der alte Mathias Jungblut aus *„Saubach"* war ein ehemaliger Freund und Kumpel meines Großvaters Peter aus der Zeit, als beide während des ersten Weltkrieges zeitweise als Grubenzimmerleute gearbeitet hatten.

Wie es seit Generationen charakteristisch ist und wohl auch durch die wiederholte Trennung und Separation des Saargebietes von überregionalen Strukturen nicht ausbleiben konnte, wuchsen die Saarländer eng zusammen. So kam es dazu, dass im kleinen Saarland jeder jeden kennt oder dass man jemanden kennt, der jemanden kennt, der einem hilft.

Solche saarlandtypischen Bekanntschafts-Verflechtungen verbanden auch meinen Opa Peter mit dem „Saubacher" Mathias *(„Matz"), sowie deren* Töchter Klärchen und Katharina, genannt *„Kaatschen"*, miteinander.

Auf dem Hof von Gevatter Matz gab es Kühe, Schweine, Geißen, Hühner und Bienen. Die Bienen fand ich besonders interessant. Der alte Matz nahm mich schon mal mit zu seinen *„Beijen"*, den Bienen. In beißenden Tabakqualm gehüllt, erklärte er mir alles, was in den Waben vor sich ging, und zeigte mir auch, wie man Honig schleudert. Natürlich gab es beim Matz reichlich Honig zu naschen.

Wenn in *Saubach* im September die Zwetschgen abgeerntet waren, wurde Latwerge (Mus), das man „*Lagsem*" nannte, daraus gemacht. Auf dem Hofplatz zwischen den benachbarten Bauernhäusern fachte man ein Holzfeuer an, über dem ein großer Bottich voll mit entkernten „*Quetschen*"(Zwetschgen) köchelte.
In dem Bottich befanden sich nicht nur die von *Kaatschen* eingebrachten Zwetschgen, sondern auch welche der Nachbarn.
Die Mädchen aus der Nachbarschaft tanzten um den Bottich herum und rührten abwechselnd den *Lagsem* um. Die Jungs aus der Nachbarschaft interessierten sich weder fürs Tanzen noch fürs Rühren. Mit dem jüngsten Sohn von *Kaatschen* baute ich derweil einen Staudamm in dem Bach, der an der Hofgrenze vorbei floss. In das kleine Staubecken setzten wir die Elleritzen, die wir in dem Bach fingen. Natürlich bauten wir unsere Fischbeobachtungsstation oberhalb des Häuschens mit Herz, das auf zwei Balken stehend über dem Bach aufgebaut stand. An die Häuschen mit darunter vorbeirauschender Wasserspülung, die oberhalb unseres Bauwerkes standen, dachten wir nicht. Ich ärgerte mich nur darüber, dass sich gelegentlich mal ein Stück Zeitungspapier in unserem Damm aus Zweigen und Lehm verfing.
Das *Lagsem*-Rühren dauerte bis zum Abend. Und erst als die Alten sich müde ins Haus begaben, gesellten sich die älteren Jungs zu den Mädchen. Zu dieser Stunde rief *Kaatschen* ihren Sohn und mich ins Haus.
Im Bett liegend grübelte ich dann noch darüber, ob es den Jungs unten auf der Tenne denn vergönnt sei, das Unvorstellbare zu Gesicht zu bekommen.
Am nächsten Tag führte *Gevaddá Matz* seine Kühe auf die Weide. Ich durfte mit. Auf der Weide übertrug der Alte mir sogar die verantwortungsvolle Aufgabe, die Kühe zu hüten. Er sagte nur, dass er gegen Mittag wieder käme und ging zum Hof zurück.

Anfangs war das Kühehüten ja spannend. Noch nie war ich Kühen so nahe. Interessant war, dass die Rinder weibliche Tiere waren.

Da ich alleine war, konnte ich mir ohne Scheu alles an den Weibchen genau ansehen. Besonders spannend fand ich es, wenn sie pinkeln mussten.
Obwohl ich schon in frühster Jugend mit reichlich Phantasie ausgestattet war, gelang es mir nicht, aus dem Beobachteten überzeugende Rückschlüsse auf den menschlichen Körperbau zu ziehen. Wie auch? Da hatte so ein Tier vier Brüste zwischen den Hinterbeinen! Und was hatten die Vierbeinigen da an Weiblichem dicht unter dem Schwanz? Das sieht bei aufrecht stehenden Zweibeinern bestimmt nicht so aus! Sagte ich mir und es blieb mir das Grübeln
Nach einer Stunde wurden mir die Aufklärungsstudien zu langweilig. Ich ließ die Kühe Kühe sein und driftete in den nahen Tannenwald ab. Dort faszinierten mich die Hexenringe aus weißen Pilzen. Vom alten Recktenwald wusste ich, dass die Pilze giftig waren. Aber da standen auch essbare Champions, und es lagen blau-weiß gebänderte Federn eines Eichelhähers und schimmernde Fasanenfedern auf der Nadelstreu.
Beim Federnsammeln hörte ich lautes Muhen von der Weide her. Schnell lief ich aus dem Wald heraus und zu den Kühen auf die Weide.
Wieder tat sich Unerkärliches vor mir auf. Die eine Kuh bestieg die andere. Was soll denn das? Die hat doch nichts zum...! Oder geht das auch mit einer der vier Brüste?
Ich verstand gar nichts mehr. Ich gab's auf und war froh dass der *Matz* endlich wiederkam. Ab mit den Rindviechern, zurück in den Stall und mit mir in die Küche. Ich freute mich riesig auf das Abendessen bei *Kaatschen.*

Wie jeden Tag gab es eine Pfanne voller Eier mit Speck und herrliche Bratkartoffeln. Am nächsten Tag interessierten mich die Kühe nicht mehr. Ich verkrümelte mich auf den Heuboden der Scheune.
Doch auch in der Scheune blühte die Sexualität. *Kaatschens* Hahn stieg alle paar Minuten auf eine Henne. Gleichzeitig legte eins der vielen Hühner irgendwo ein Ei ins Heu. Und Matz brachte die Geiß zum Bock.
Und dann bestieg der Stier vom Bauer *„Kürras"* auch noch die Kühe auf der Weide, direkt neben der Dorfstraße!
Oh je! Überall in *Saubach* ging's rund.
Die Tage in Gresaubach konnten für mich manchmal absolut frustrierend sein. Doch sie hatten auch ihre schönen Seiten. Wenn ich zum Beispiel an die Eierpfanne mit Bratkartoffeln denke. Die tägliche Eiermahlzeit fiel jedoch durch mein eigenes Verschulden auch schon mal aus. Immer dann, wenn ich im Heu war und die Eier fand, die dort gelegt wurden. Dann nahm ich einen Nagel, pickte zwei Löcher in die Eierschale und trank die Eier aus. *Kaatschen* verstand dann die Welt nicht mehr. *„Eisch kann datt nit varschdehjen. Ob dar Maarà wirrà dòh gewehn wòr?"* (Ich kann das nicht verstehen. Ob der Marder wieder da gewesen war?), sagte sie.
Als ich im vierten Schuljahr, nach den Ferien, bei *Kaatschen* aus Saubach noch mal nach Bildstock zurückkam, hatte die mich so gemästet, dass meine Schulkameraden „Wurstsack" zu mir sagten. Das ärgerte mich sehr. Und Klara sagte: „Der Speck muss weg! Ich meldete dich beim Turnverein Bildstock an." Ich akzeptierte das und begann den Kampf mit den Geräten. Doch wenn man eine anständige Packung auf den Rippen hat, braucht es lange, bis alles wieder runter ist.
Mein Turnlehrer hatte mir – so zu sagen gewaltsam – die einfache Rolle am Boden beigebracht. Und nach drei Wochen musste ich schon beim Schauturnen auf der Bühne des katholischen Vereinshauses mitmachen!.

Beim Handstand und Radschlagen hatten meine Kameraden alle Applaus bekommen. Ich nicht! Mein Rad sah aus, als hätte ich eine Rolle mit zwei Achtern gemacht. Im Handstand stand ich nur eine halbe Sekunde. Dann ging meine Übung sofort in das über was ich konnte, in eine Rolle. Und als schließlich die einfache Rolle an der Reihe war, wurde bei keinem meiner Kameraden geklatscht. Ich jedoch kugelte über die Bühne und bekam stehende Ovationen. Nicht weil meine Rolle so elegant aussah. Nein, weil mir beim Bücken doch ein lauter Pupser entwischte.
Gelegenheiten, meinen Speck wieder los zu werden, gab es damals für mich auch außerhalb der Turnhalle genügend. Im Wald musste ich Astholz sägen und es dann nach Hause karren. Im Sinnerthaler Garten war zu graben und Unkraut zu jäten. Mit dem Fahrrad musste ich zum Friedhof fahren und die Gräber von Oma und Opa benetzen. Ja, und dann war da ja noch Feuerholz zu hacken, die Straße zu fegen, Kohle in den Keller zu schaufeln und, und, und. Doch diese Pflichtaufgaben führten nicht wirklich zur Gewichtsreduzierung. Es geschah wohl auch kaum beim Klettern in der *„Sandkaul"* oder auf den Bäumen im Wald. Auch nicht beim Schlittschuhlaufen und Hockeyspielen auf den Weihern im Ochsengraben, nicht beim Schlittenfahren in der *„Theatergass"*. Ehr beim Fußballspielen, auf den schrägen Wiesen der *„Ahwand*

17 Brudertage

Erst 1952 begann für mich eine schöne Zeit. Jedenfalls was das Essen anbelangte. Oswald hatte ja nun eine sichere Arbeit auf dem Eisenwerk. Donnerstags gab es Gemüsesuppe, freitags Kabeljau, samstags Kartoffel- oder Erbsensuppe und sonntags auch mal Rouladen mit Rotkohl.

Vor dem sonntäglichen Kirchgang konnte ich mich drücken, indem ich Klara anbot, den frischen Meerrettich aus unserem Garten zu Mus zu reiben.
Wer das schon mal gemacht hat, weiß, dass das eine sehr tränenreiche Angelegenheit ist. Aber es rettete mich vor einer klerikalen Veranstaltung, der ich nichts Positives abgewinnen konnte. Oswald gefiel das. Der Grund für mein Fernbleiben vom Katholischen Hochamt ist aber ursächlich nicht in der Beeinflussung durch meinen Vater zu suchen. Meine Abneigung, dem liturgischen Prozedere beizuwohnen, ist vielmehr u. a. auf die Diskriminierungen zurückzuführen, die mir ein gewisser Fürstbischof namens Pitt angedeihen ließ.

An den Sonntagen, an denen ich das mit dem Meerrettich nicht machen konnte, ging ich in den Wald, nahe dem Emsenbrunnen. Dort besuchte ich schon mal den „Russenfriedhof". Also den Friedhof, auf dem die gestorbenen Kriegsgefangenen des Arbeitslagers aus der Nazizeit beerdigt lagen. Es war ein mit einfachen, namenlosen Holzkreuzen gestalteter Friedhof. Wenn ich über den Rasen zwischen den Kreuzen hindurch ging, dachte ich an den Mann, dem ich einmal das rote Körbchen aus der Hand gerissen hatte.
Oswald und Klara waren ja nie der gleichen Meinung bezüglich der Treue, die man der Religions-Gemeinschaft, der man per Taufe zugeordnet war, entgegenzubringen hatte.
Für meine Eltern tat sich aber das Problem der Religionszugehörigkeit in ganz konkreter Weise neu auf: Am 18. September 1952 gebar Klara ihren zweiten Sohn. Meinen Bruder Rudolf Diesel. Oswald wollte dass er, wie der Erfinder, Rudolf Diesel hieß, und Klara, dass er katholisch wurde. So kam es dann auch.
Es begann eine schwere Zeit für Klara. Sie fühlte sich als „Omamutter". Schließlich war sie schon 41 Jahre alt, als

Rudi zur Welt kam. Dazu entwickelte sich noch eine Geschwulst an ihrem Daumen, dessen medizinische Einordnung nicht endgültig geklärt wurde.
Etwas hilflos bestrahlte ein Arzt ihren Finger radioaktiv. Ich aber dachte ich wüsste was Klara am Daumen hätte.
Zu der Zeit, als Klara schwanger war, las ich in einer Illustrierten, dass Frauen Gebärmutterkrebs bekommen können. Folglich dachte ich, dass Klara einen solchen Krebs am Daumen hätte, weil sie doch eine gebärende Mutter war. Ich las ihr den Artikel vor und fragte Klara, ob das die Ursache für ihr Ding am Daumen sei. Meine Mutter dementierte das in offensichtlich peinlicher Verlegenheit. Sie klärte mich jedoch auch nicht auf, was es denn mit dem Wort Gebärmutter auf sich hatte.
Das mit dem Daumen führte dazu, dass ich bis lange nach Rudis Geburt immer das Geschirr waschen musste, weil Klara nicht ins Wasser fassen durfte. Das ging ja noch. Ich sollte aber auch auf den kleinen Rudi aufpassen.
Die Geschwulst bildete sich schließlich zurück. Doch Klara lebte noch jahrelang in der Angst sie müsse bald sterben und würde den kleinen Rudi mutterlos zurücklassen. Am Ende wurde unser Klärchen fast 93 Jahre alt.

Den Rudi zu hüten, das passte mir garnicht in den Kram. Um diese Aufgabe abzustellen, bat ich gelegentlich den Pitt um Hilfe. Das lief dann so ab: In der Ecke der Küche stand das „Chaise long", das Sofa. Pitt kniete sich an das Kopfende und ich an die Längsseite. Dann nahm einer den Rudi und schob ihn mit Karacho, diagonal unter dem Sofa hindurch, bis er auf der anderen Seite wieder zum Vorschein kam. Dort fasste man den Kleinen und schob ihn auf demselben Weg wieder zurück. Das taten wir so lange bis Klara oder Oswald, durch Rudis Geschrei alarmiert, aus dem Wohnzimmer gestürzt kamen und der Tunnelfahrt ein Ende bereiteten.

Ich gestehe, mein Bruder wuchs unter harten Rahmen-Bedingungen auf.

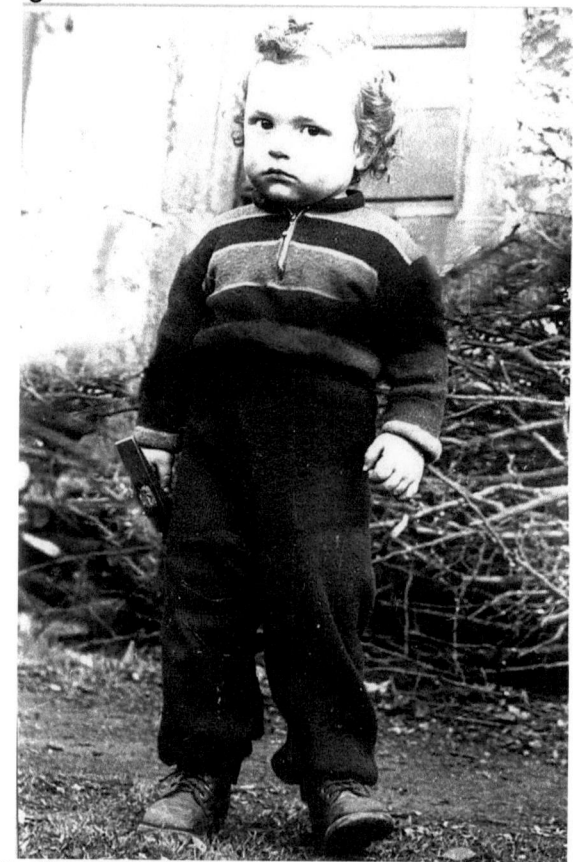

Rudi, 2 Jahre (Wollte er sich mit dem Hammer rächen?)

Schließlich kam ich in die Pubertät und interessierte mich erstrecht nichtmehr für Kleinkinder. Ich ersann allerlei Ungemach das ich Rudi zufügen und über das er sich zu Hause beschweren konnte. Ich wollte, dass er mir nicht mehr am Hosenband hing. Heute noch wirft er mir vor, dass ich ihm beibrachte er solle sich eine Pusteblume in den Mund stecken, dann würde ein helles Leuchten seine Wangen von innen erglühen lassen. Oder ich hätte ihn in ein rostiges Geländerrohr blasen lassen, damit ein Posaunenton erklingt.

Okay, ich bedauere, dass das Echo aus dem Rohr kein Ton, sondern eine Ladung Rost war.
Ich bestreite aber seine heutige Behauptung, ich hätte ihn im Wald an eine Buche gefesselt und sei dann für Stunden verschwunden gewesen. Ich hatte höchstens eine Zeit lang nebenan geschaukelt.
Im Wald hatten wir – die von der *Owwàgass* und die von der *Unnàgass* – Drahtseile an einem Ast befestigt, ein Sitzbrett daran angebracht und schon hatten wir eine Schaukel, auf der keiner vom Dorf oder aus der *Brodschdròß* (Brotstraße) schaukeln durfte.
Manches Mal konnte ich mich der Bruder-Pflege entziehen. Dann genoss ich alte Freiheiten, z. B. solche wie diese: Auf der *Ahwand* und runter zum *Ochsegraawe,* wo sich auch die aus der *Brodschdròß* herum trieben, wurden Runkelrüben und Kartoffeln angepflanzt. Im Spätherbst klauten wir dort die *Rummele* (Runkelrüben). Wir höhlten sie aus, schnitten Nase, Augen und einen Mund voller Zähne hinein, spießten sie auf eine Bohnenstange auf und stellten eine brennende Kerze hinein. Anschließend, wenn es dunkel wurde, zogen wir durch die *Unnàgass* und hielten die erleuchteten „Totenköpfe" vor die Fenster der Häuser. Wir hatten unsere Köpfe zwar nicht aus Kürbissen machen können, aber haben wir nicht eigentlich vor den Amis schon Halloween erfunden?

18 Abenteuerzeiten

Hinten am Wiesenrand in der Ackerstrasse lag der Hof des Bildstocker Bauern Ulrich. Er war der einzige Bauer, den es bei uns gab. Er betrieb eine kleine Landwirtschaft mit zwei bis drei Kühen und zwei Pferden. Durch Transportfahrten für die Gemeinde musste er sich ein Zubrot verdienen.

Etwas abseits in den Wiesen hatte er seinen Heuschober. Es war eine gängige Mutprobe unter uns Buben, sich im Heu des windschiefen Holzbaues zu verstecken. Wehe, wenn Ulrich uns bemerkte. Dann scheuchte er uns mit der Mistgabel in die Flucht.
Der Bauer war nicht gut auf uns zu sprechen. Nicht nur wegen der geklauten Runkelrüben. Es war auch der Kartoffeln wegen, die wir im Herbst ausgruben und im Krautfeuer brieten. Ja und kein Apfelbaum auf der *Ahwand* war im Herbst vor uns sicher. Wir steckten uns die Taschen und die Hemden voll mit gestohlenen Äpfeln. Wenn wir erwischt wurden und wegrannten, fielen sie alle wieder aus unseren Hemden heraus.

Damals hatten wir ja oft Winter, in denen zwei bis drei Monate lang Schnee lag. Räumfahrzeuge oder Salzstreuer gab es nicht. Also blieb der Schnee, außer in der Hauptstrasse, auf allen Wegen liegen.
Nur auf die Hauptstrasse, auf der schon mal ein LKW fuhr, streute der Knecht des Bauern Ulrich mit der Schaufel vom Pferde-Wagen aus Kohle-Asche oder *Brasche* (Gebranntes Gestein) auf den Schnee.
Auf den Nebenstraßen verfestigte sich das Weiß, und die Straßen mit Gefälle wurden zu Schlitten- und Schlittschuhbahnen. In der *Theadàgass* (heute Viktoriastr.) bildeten wir dann sogenannte Ketten. Wir banden vier bis acht Schlitten aneinander und sausten den Berg hinunter. Gelenkt wurde das Ganze von einem Jungen, der Schlittschuhe anhatte und auf dem vorderen Schlitten saß. Wenn die Kette bäuchlings gefahren wurde, dann hakte sich der Vordermann jeweils am Schlitten des Hinter-manns mit den Füßen ein. Wenn der auf dem vordersten Schlitten, also der der *„reihte"*, der Lenkende, dann Schlangenlinien ansteuerte, war der Spaß besonders groß, weil die Schlittenschlange bei entsprechendem Tempo regelmäßig ins Schleudern geriet.

Schleuderten die Schlitten, dann löste sich die Schlange auf und alle purzelten durcheinander. Häufig fing dann einer an zu weinen, weil er mit der Nase voran in den Schlitten des Vordermanns gesaust war. Er war halt selber Schuld, wenn er schlangenunfähig war!.
Handfester Streit brach allerdings aus, wenn jemand eine über Stunden sorgsam geglättete *„Schleimà"* (eine Schlitterbahn) mit Schlittschuhen herabfahren wollte.
Oder – was eine Todsünde war – wenn jemand mit *Genachelde*, also mit Nägeln besohlten Schuhen, die Bahn betrat.
Zum Schlittschuhlaufen hatten wir auch unsere Weiher unten im Hofertal und in der *Sandkaul*. Auf *„'em Bach seim Weiher"* in der *Sandkaul* spielten wir vornehmlich Hockey mit krummen Stöcken und zusammengeklopften Gloria-Kondensmilchdosen.
Auf *„'em Neirohr seim Weiher"*, unten im Hofertal, sprinteten wir und drehten Pirouetten. Einmal war ich in das Kreiseziehen so versunken, dass ich nicht bemerkte, wie ich mich der Stelle näherte, an der sich wegen der Bachströmung nur dünnes Eis gebildet hatte.
Schon brach ich ein. Gott sei Dank war der Teich an der Stelle nur etwa einen Meter tief, so dass ich auf dem Teichgrund zu stehen kam.
Irgendwie schaffte ich es wieder auf das feste Eis zu gelangen. Am Ufer zog ich schnell die Schlittschuhe, meine Oberhose und die lange Unterhose aus. Halbnackt stand ich im Schnee und wrang mit aller Kraft das Wasser aus den Hosen. Ich zog meine Hosen und die am Ufer abgestellten Straßenschuhe wieder an, schnappte meine Schlittschuhe und rannte nach Hause.
Nun muss man wissen, dass es aus dem Hofertal bis zu unserem Haus cirka einen Kilometer lang immer bergan durch Wald und Wiesen geht. Beim Hochhecheln durch den Schnee wurde mir so heiß, dass ich wie ein gebrühtes Schwein dampfte.

Als ich oben ankam, war meine Hose dennoch hart gefroren. Klara schimpfte zwar gewaltig mit mir, aber ihre Angst davor, dass ich krank werden könnte, war größer als ihr Ärger. Sie steckte mich umgehend in die mit heißem Wasser gefüllte Zinkwanne.

Die Weiher im Hofertal wirkten Winters wie Sommers mit magnetischer Kraft auf mich. Frösche, Fische, Wasserflöhe, Salamander, Ringelnattern, Enten Teichhühner, Libellen und Blutegel gab es dort. Man konnte Flöße bauen und dort Huckleberry Finn spielen. Man konnte in wassergefluteten Bomben-Trichtern Fische fangen und sie dann in die dafür zuvor im Bachbett angelegte Staubecken umsetzen. Oder sie halt nach Hause tragen, wo sie meistens tot ankamen.

Die Talniederung war ein ideales Gelände für Naturerfahrung und Abenteuer. Sogar am Tag nach meiner Kommunion zog es mich ins Tal. Und zwar in kompletter Kommunionskleidung! Das hieß: In weißem Hemd, schwarzem Anzug mit kurzer Hose, handgestrickten, weißen Kniestrümpfen und Lackschuhen. Die Lackschuhe mit den glatten Ledersohlen waren dann daran schuld, dass ich beim Dammbau in den Bach abrutschte. Es interessierte Klara überhaupt nicht, ob die Lackschuhe daran schuld waren. Sie verabreichte mir eine Tracht Prügel.

Die Tiefen der Gewässer im Hofertal lotete ich ja mehrfach aus. Außer beim Schlittschuhlaufen auch mal, als ich im November mein selbstgebautes Segelschiffchen auf einem der Weiher kreuzen lassen wollte. Ich hatte das Schiffchen am Bug an einen Faden gebunden und simulierte, mangels Wind, das Kreuzen eines Zweimasters. Ich zog es im Zick-Zack über die Wasserfläche hin und her. Dabei rutschte ich auf der bemoosten Ufermauer aus und stand plötzlich bis zur Hüfte im Wasser. Wieder musste ich unter erschwerten Bedingungen den Ochsengraben hoch nach Hause rennen.

Dieses Mal war es keine Keucherei mit gefrorener Hose, aber es war ebenfalls sehr anstrengend, weil ich meinen neuen Lodenmantel anhatte und der nasse Mantel schwer wie Blei war.

Klara hatte schon so einiges mit mir mitzumachen! Ich kam ja nicht nur nass, sondern auch mal blutend nach Hause. Zum Beispiel bei der Auseinandersetzung mit einer *Schlengàdoos*. Die Schlenkerdose bestand aus einer leeren Konservendose, in deren Blech man mit einem Nagel und dem Hammer Löcher hineinschlug. Dann befestigte man eine lange Schlaufe aus Schießdraht daran. Die Dose wurde mit Zunder (trockenem Baumpilz), Holzstücken oder, wenn man hatte, mit Kokskohle gefüllt. Sodann wurde der Inhalt angezündet. Damit die Brandfüllung voll zum Glühen kam, schleuderte man die Dose an der Drahtschlaufe mit kreisenden Bewegungen durch die Luft. Besonders effektvoll war das in der Dämmerung. Ich weiß nicht mehr, warum ich mit einem anderen Dosenschleuderer in Zwist geriet. Jedenfalls schleuderte der seine brennende Waffe gegen meine Stirn, so dass ich eine klaffende Wunde davontrug. Als ich blutüberströmt nach Hause kam, sagte Klara nur: *„Ach, hasch'de schunn wiḋdà e Loch emm Kobb!"* (Ach, hast du schon wieder ein Loch im Kopf!).

Ein anderes Mal kam ich nach Hause und hatte keine Kopfverletzung, sondern hatte ein Loch in der Lippe. Onkel Peter aus Hühnerfeld hatte mir sein Vorkriegs-Fahrrad geschenkt. Bei dem Drahtesel waren die Bremsklötze ziemlich abgefahren. Das hielt mich jedoch nicht davon ab in der *Unnàgass* an einem Radrennen teilzunehmen. Das Rennen beendete ich mit einem ungebremsten Sturz. Zu dem Unglück der Niederlage kam hinzu, dass ich bei dem Sturz mit dem Mund genau auf das Ende des Lenkers fiel, an dem der Griff fehlte. Dabei durchtrennte das offene Lenkerrohr meine Oberlippe und drang durch bis auf einen Zahn.

Die Hälfte des Zahns brach ab und blieb in der Lippe stecken. Klara schlug mal wieder die Hände über dem Kopf zusammen, blieb aber ganz gefasst. Sie brachte mich zum Arzt, der mir mit einer Pinzette das Stück Zahn aus der Lippe bohrte und die Wunde zunähte. Der beschädigte, nur zur Hälfte abgebrochene, aber sonst gesund gebliebene Zahn ziert heute noch mein Gebiss.

Meine Rennen mit dem Holzroller die Bildstocker Bahnhofstraße hinunter waren nicht weniger erfolgreich, was den Blutverlust anbelangte. Mein Patenonkel Karl hatte mir einen Roller gebaut, an dem so gut wie alles aus Holz war. Außer der Bereifung auf den Holzrädern. In die beiden hölzernen Radscheiben hatte Karl Fugen gedrechselt, in die er Gummiringe aufgezogen hatte.
Das Gummi machte das Fahren komfortabler, aber es war auch ein Unfallauslöser. Es dehnte sich und mit jeder Fahrt lockerte es sich mehr und mehr von den Holzscheiben. Einmal sprang das Gummi vom Vorderrad ab und geriet zwischen das Rad und die Gabel des Lenkers. Augenblicklich stoppte mein Gefährt in voller Fahrt.
Natürlich flog ich über den Lenker. Und dazu schlug mir das Trittbrett mit dem Hinterrad auch noch ins Kreuz, als ich landete. Dieses Mal blieb mein Kopf heil, jedoch an den Knien und den Ellenbogen war der Lack ab.

Das sollte mir nicht noch einmal passieren. Ich entfernte die Gummis von den Rollerrädern. Nun fuhr ich auf dem blanken Holz. Das war aber auch nicht die ideale Lösung. Die Radscheiben nutzten sich quer zur Faserrichtung mehr ab als in Fasserrichtung. Das hatte zur Folge, dass die Räder eine Eiform annahmen. Und das Fahren mit meinem Roller wurde zu einem regelrechten Wellenreiten. Es erforderte eine hohe Kunst auf dem Trittbrett zu bleiben und die Kontrolle über das wild gewordene Fahrzeug zu behalten.

Das war die Zeit, in der auf unseren Hauptstraßen noch kaum Autos fuhren. Wenn ein LKW kam, liefen wir hinterher, hängten uns an die Ladefläche und ließen uns ein Stück weit mitschleppen. Diejenigen, die ein Fahrrad hatten, fuhren an die Laderückwand heran, hielten sich fest und ließen sich mitziehen.
Das Ganze machte allerdings wenig Freude, wenn das Fahrzeug z. B. ein Opel-Blitz war, der noch mit Holzvergaser fuhr.
PKWs fuhren noch nicht viele auf unserer Hauptstraße. Für uns Kinder waren sie Objekte von höchstem Interesse. So wurde Auto-Zählen zu einem beliebten Wett-Spiel.
Zunächst spielte nur die Farbe der Wagen eine Rolle. Und zwar musste jeder Mitspieler auf eine Lackfarbe setzen, die ein vorbeifahrendes Auto hatte. Kam ein Wagen mit der gewählten Farbe vorbei, bekam man einen Zähler gut geschrieben. Wer die meisten Autos mit seiner Farbe zählen konnte, hatte gewonnen.

Das Spiel konnte auch mit Automarken und, was ganz spannend war, mit der Kombination Marken plus Farben gemacht werden. Die meisten PKWs, die vorbeifuhren, waren französische Produkte. Und das zahlreichste farbige Auto war der Renault R4. Im Saarland *„Kräämschnittsche"* genannt, weil es überwiegend in Creme- und Pastell-Tönen gelackt war.

In der *Unnàgass,* die noch nicht befestigt war, fuhr so gut wie nie ein Auto. Dort konnten wir Kinder ungefährdet herumtoben und Ballspiele machen. Aber auch auf der Hauptstraße konnte man bei dem geringen Verkehrsaufkommen noch Fußball spielen. Auf der gepflasterten Straße spielten wir mit Büchsenmilch-Dosen Fußball. Es schepperte vor unserem Haus den ganzen Tag nach Fußball.

Das Rauchen, wurde schon interessant als ich 11 Jahre alt war. Jungs, die Zigaretten rauchten, waren anerkannte Kerle. Ja, sie galten schon fast als richtige Männer. Damals getraute ich mich dem *„Buddà"* und dem *„Taster"*, Jungs, die beide schon älter waren, in die alten Luftschutz-Bunker zu folgen.
Ich hatte schon einen Heidenrespekt davor in die düsteren, feuchten Sandsteinhöhlen zu gehen. Denn mit den Bunkern in der *Sandkaul* verband ich das Trauma der Flucht vor den Bomben. Aber was soll´s! Wenn man dazu gehören wollte, dann musste man zu den Rauchersitzungen in die Sandsteinhöhlen.

Im Dämmerlicht saßen dort die Mutigen in einer Runde auf dem Boden wie Indianer beim Rauchen der Friedenspfeife.. Die größeren Jungs rauchten richtige Zigaretten. Sie hatten sich die Zigaretten irgendwie besorgt. Wir kleineren durften allenfalls mal an deren richtigen Glimmstängeln ziehen.
Wir machten uns Zigaretten aus trockenem Buchenlaub und Zeitungspapier. Die Folge war, dass das Rauchen dieser exquisiten „Roy-Blend-Mischung" bei manchem von uns in die Hose ging.
Wenn sich in der Bunkerrunde Anzeichen dieses Dilemmas bemerkbar machten, dann musste man sich ganz schnell in das Innere, in das Dunkel der Berghöhlen begeben.
Das kostete eine zweifach große Überwindung. Einmal weil man in dem Dunkel die Hinterlassenschaften der Blend-Mischungs-Raucher, die das Dunkel zuvor aufgesucht hatten, nicht sehen konnte und zum anderen hatte man eine gehörige Portion Angst. Angst vor Schlangen, Geistern, Toten und Skeletten, die es angeblich hier gab. Die größeren Bunkerbesucher hatten in den Raucherrunden den kleineren nämlich wahre Gruselgeschichten vom Höhleninneren erzählt.

Daher zog ich es nach den abschreckenden Erlebnissen im Bunker vor, auf unsere Toilette, dem Abort hinterm Haus, zu rauchen. Und zwar die Marke „handmade cigarettes" Die Herstellung einer Zigarette aus Buchenblatt-Tabak war aber mit einigem Aufwand verbunden. Man musste unten im Wald beim Ochsengraben Laub sammeln. Also probierte ich einen bequemeren Tabak-Gewinn aus. Ich nahm die trockenen Stängel der Goldruten die in unserem Garten wuchsen und brach sie in zigarettengroße Stücke. Dann zündete ich sie an.

Das Mark in den Stängeln glimmte zigarettengleich, doch das war auch das einzige vergleichbare Merkmal.
Gut, dass ich vorsorglich beim Rauchen dieses Glimmstängels auf dem Abort saß! Das Ergebnis des Experiments war so durchschlagend, dass ich bis heute, und bestimmt bis zum Ende meiner Tage, vom Rauchen geheilt war.
Apropos Abort hinterm Haus: Ein Badezimmer mit Wanne und Toilette gab es in unserem Haus erst ab 1962. Nachdem mein Vater und ich die Decke mit den verfaulten 300-jährigen Holzbalken über dem alten Viehstall durch eine Trägerdecke mit Beton ersetzt hatten. Bis dahin mussten wir sommers wie winters auf das Häuschen hinterm Haus gehen.
Als mein Vater heimgekehrt war, war er der Meinung, dass ein neunjähriger Junge im Dunkeln auch alleine hinters Haus gehen könne. Das musste ich dann fortan auch. Das war mir so ein Gräuel wie ehemals dem *Jättschen*. Nur dass ich noch größer Gefahr ausgesetzt war! Denn in dem Alter sind Räuber und Raubtiere, die im Dunkeln um das Haus schleichen, ja Realitäten. Also rannte ich mit einem großen Küchenmesser bewaffnet die Haustüre raus, sprang die vier Stufen der Eingangstreppe hinunter, rannte nach links zur Hoftreppe am Giebel und flüchtete über diese runter in das Toilettenhäuschen.

Wenn ich dann das große runde Loch in der Sitzbank erreicht hatte, fühlte ich mich dann doch relativ sicher.
Dort sitzend hatte ich den Rücken gefahrenfrei. Und damit ich das Geschehen im Feld vor dem Häuschen im Blick behielt, ließ ich die Türe mit dem Herzchen immer weit offen. Dann saß ich da und hielt mein Messer mit festem Griff, abwehrbereit, in Richtung kommender Gefahr vor mich hin.
In Vollmondnächten vergaß ich manchmal den Grund meines Aufenthaltes. Dann saß ich dort in relativer Geborgenheit und träumte den Mond an. Bei schaurigem Wetter kam es auch vor, dass ich lauthals ein Lied sang.
Damit wollte ich allen Bösewichten zeigen, dass ich keine Angst hatte und mich nicht vor ihnen versteckte.

Frau Biehl, die Nachbarin, sagte dann am nächsten Tag sie hätte mich im Dunkeln *uff'em Heissche* (auf dem Häuschen) singen gehört. Ob ich denn keine Angst gehabt hätte? Dann fühlte ich mich, als wäre ich jemand vor dem sogar die Wölfe Angst haben.
Wenn ich mal in dem Kabuff drin war und ruhig da saß, hatte ich eigentlich nur Angst davor, die morschen Dielen – mit der die Jauchegrube abgedeckt war – könnten einmal zusammenbrechen.
Oft genug schaute ich durch das Loch in der Sitzbank und wunderte mich über den mit Leben durchsetzten Grubeninhalt unter mir. Es war ein furchtbarer Gedanke, einmal da hinein fallen zu können. Nun waren da allerdings auch Zeiten, in denen mich die reine Schadenfreude packte, wenn ich in das Loch sah. Und zwar immer im Winter, wenn dort unten alles gefroren war. Dann war das Gewimmel auch erfroren.
Mit der Freude über seinen Tod nahm ich es gern in Kauf, dass mir in dem Etablissement der Po fast einfror. Und ich akzeptierte auch, dass in der Mitte des Lochs von unten eine Eis-Stalagmiten hochwuchs.

Damit dieser Zapfen dem Allerwertesten nicht zu nahe kam, stand im Winter immer ein kräftiger Stock bereit. Damit konnte man das Gewächs durch einen geschickten Schlag kürzen.

19 Territorialkonflikte

Jeder Ortsteil unserer Gemeinde hatte seinen eigenen Charakter. Der wurde durch sein landschaftliche Umfeld und die wirtschaftlichen Grundlagen geformt. Das führte natürlicherweise zu Identifikations-Gemeinschaften.
Aversionen zwischen den Bewohnern beider Gemeindeteile hatten eine lange Tradition. So bestand Anfang der 1950er Jahre zwischen uns auf dem Berg und denen aus dem Tal, nicht immer eitle Freundschaft.
Bildstock, war ein Bergmannsdorf, das etwa um 1700 aus der Ansiedlung um einen zuvor am Hang des Hoferkopfs gegründeten Schäfer-Hof entstand (der Hof, zu dem ehemals der Keller unseres Hauses gehörte). Friedrichsthal führt seine Existenz auf eine ungefähr zur gleichen Zeit unten im Sulzbachtal gegründete Glashütte zurück. Den Namen erhielt dieser Ortsteil nach dem Glashüttengründer Fürst Friedrich von Nassau – Saarbrücken. Bildstock wurde nach einem Pilger-Bildstöckel oben auf dem Berg benannt.
Obwohl beide Gemeinde-Teile in etwa gleich groß waren, stand in Friedrichsthal das Rathaus. Bewohner beider Orte waren sich „nicht grün". Wenn damals ein junger Bildstocker unten auf dem Bürgermeisteramt etwas zu erledigen hatte, dann hieß das auf dem letzten Kilometer bergab: Augen auf! Denn es lauerten Wegelagerer in den Hecken, die ihn verprügeln wollten. Warum eigentlich? Die „*Glasschbatze*" (Glasbläser) im Tal hatten doch keinen Grund die „*Knebbesjà*" (Bergarbeiter) vom Berg zu versohlen.

Die Friedrichsthaler hatten ein Rathaus. Und wir? Nur das Bergarbeiter-Schlafhaus für die Wochenendpendler.
In Friedrichsthal fuhr eine Straßenbahn. Und bei uns? Nur der *Gruuwebus,* der Bergarbeiter-Transport-Bus.
Die Glasspatzen hatten ein betoniertes Schwimmbad, das mit Leitungswasser gefüllt war. Wir hatte keine Schwimmgelegenheit mehr, weil unsere Naturweiher-Badeanstalt im Ochsengraben wegen Abwasser-Eintrags geschlossen wurde.

Die Bildstocker waren doch den Friedrichsthaler stets zu Diensten. Unser Bauer Ulrich schaffte mit seinem Pferdekarren sogar den Friedrichsthalern den Müll weg. Waren sie vielleicht neidisch auf uns, weil wir da oben die bessere Luft atmeten?
Oder missgönnten sie uns den erweiterten Blick zum Horizont, der uns, dem „Bergvolk", offenbar zu mehr Lebensfreude verhalf?
In unserer Höhenluft gediehen schließlich 4 Gesangvereine, 7 Theatergruppen und 2 Fußball-Vereine.
Natürlich auch mein Turnverein. Der 1952, für die Teilnahme des Saarlandes an der Olympiade in Helsinki, sogar zwei Olympioniken hervorbrachte: Norbert Dietrich und Rolf Lauer. Im Tal unten gab es diese kulturelle Vielfalt nicht.
Die Friedrichsthaler hatten zwar einen hervorragenden Fußballverein, aber was zählte das schon gegenüber meinem Turnverein. Gut, in Friedrichsthal wurde der Saarknappenchor gegründet. Aber der Star der Sänger war Albert, ein Bildstocker. Und Carla, die Tochter unseres Bauern, war eine bekannte Radio-Gesangsgröße.

Auch Friedrichsthal hatte eine *Sandkaul,* aber sie war ohne Bunker. Die bunten Felswände beider Sandgruben entstanden vorwiegend durch den Abbau von Sand für die Glasherstellung in den Friedrichsthaler Hütten.

Unsere Sandgrube war jedoch bedeutend interessanter als die der *Glasspatzen*. In unserer waren die Felswände höher. Dort gab es Rötelablagerungen zwischen den roten und gelben Sandsteinschichten. Mit dem fettigen Rötelstein konnte man Männchen und Namen auf Mauern malen. Man konnte auch Schnitzereien daraus anfertigen, z.B. Schiffe, die zwar nicht schwammen, für die man aber am Sandgrubenweiher ein flaches Hafenbecken baute, in dem man Seeschlachten simulieren konnte.

Das abenteuerliche Highlight unserer Sandgrube war die „*Klipp*", die in der „Schlucht" stand. Es war ein isolierter Felsturm, gleich der Helgoländer „Langen Anna". An ihm konnte man Mut und Klettertalent beweisen.

Natürlich lockten die Attraktionen unserer Sandgrube die Jungs aus Friedrichsthal an. Eines Tages überraschten wir sie dabei, wie sie in unserer *Sandkaul*, oben in der Wand, nahe dem Weg auf den Hoferkopf, wo die beste Ablagerung war, die Rötelgrube ausbeuten wollten. Mit Kriegsgeschrei schlugen wir sie in die Flucht. Danach häuften sich abermals die Tage, an denen die Auftragsmärsche zum Rathaus im Tal nur widerwillig ausgeführt wurden.
An allen diesen territorialen Auseinandersetzungen waren keine Mädchen beteiligt. Das hieß nicht, dass ich dadurch das Interesse an ihnen verloren hätte. Nein, während der lokalpatriotischen Auseinandersetzungen hatte ich nur keine Zeit dieser Sache nach zu gehen.
Doch endlich sollte ich erhellenden Einblick bekommen. Und zwar auf einem Turnfest. Auf dem Turnfest, bei dem ich mein erstes Eichenlaubkränzchen errang. Das Fest war für mich nicht nur sportlicher Wettkampf, sondern eine sexuelle Aufklärungsveranstaltung. Mädchen waren ja damals für mich immer noch unbekannte Wesen.

Und davon sind auf dem Fest hunderte in knappen Höschen herum gelaufen. Oder sie hatten dort, in einer langen Schlange, vor den beiden einzigen vorzufindenden Toilettenhäuschen gestanden.
Wir Buben hatten den Mädchen interessiert zugeschaut, wie sie, von einem Bein auf das andere hüpfend, vor ihrem Häuschen standen. Wir hatten ja mit dem Pippimachen kein Problem. Wir sind einfach durch ein Loch im Drahtzaun, neben dem Sportplatz, in den Wald gegangen. Irgendwann hatten die Mädchen das bemerkt und sind auch durch den Zaun, ab in den Wald. Nur, im Gegensatz zu uns, hatten die sich dazu keinen Baum gesucht, sondern hatten nach flachen Kuhlen Ausschau gehalten. Dort wollten sie sichtgeschützt ihr kleines Geschäft erledigen.
Dachten sie!
Denn nebenan standen hinter jedem Baum meine Turnbrüder und ich. Aus unseren Verstecken heraus konnten wir das uns unbekannte Weibliche unverhüllt in Augenschein nehmen.

Ich will jetzt nicht weiter ausführen, wie zufrieden ich damals war, als meine lang anhaltende Neugierde in Sachen unterschiedlicher Geschlechtsmerkmale zwischen Mann und Frau gestillt wurde. Ich muss aber zugeben, dass die Inaugenscheinnahme des ewig Rätselhaften mir mehr Freude gemacht hat als mein Eichenlaubkränzchen für den 50. Wettkampfpreis.

Dennoch, bei aller Freude, die optische Aufklärung war eigentlich erst die halbe Sache. Schließlich beschränkte sie sich ja nur auf Bereiche unterhalb der Gürtellinie. Dort befand sich zwar das Zentrum meines Interesses, doch die blanke Inaugenscheinnahme der mir bis dahin verborgen gebliebenen, ebenfalls interessanten oberen Teile des Weiblichen, ließ immer noch auf sich warten.

Nun hatte ich ja eine Begabung, die es mir ermöglichte, meine Phantasien in optische Realität umzusetzen. Das hieß, ich dachte mir aus, wie die Sachen aussehen könnten, und dann malte ich halt Bilder von dem, was mir die Realität vorenthielt.
Ich malte barbusige Afrikanerinnen im Mondschein am Palmenstrand und kussmündige Blondinen vorm dunklen Sternenhimmel.
Aber auch plastisch konnte ich meinen Phantasien Ausdruck verleihen. Gleich frühneolithischer Skulpturen fertigte ich Frauen-Ebenbilder aus Ton und Holz an. Sie glichen durchaus der Venus von Willendorf, waren allerdings etwas schlanker. Mein Antrieb war es ja auch nicht eine Fruchtbarkeitsgöttin darzustellen.
Den Höhepunkt meines plastischen Schaffens bildeten eine weibliche und eine männliche Holzfigur. Es gelang mir beide so filigran auszuführen, dass sie an den Stellen, die sich im Schwerpunkt meiner größten Neugierde befanden, perfekt ineinander passten.

Ach ja, meine Phantasien! Klärchen sagte immer, ich sei ein Träumer, ich hätte zuviel Phantasie. Nur gut, dass die gute Klara nie geahnt hatte, mit welchen Themen ich mich mit 12 Jahren künstlerisch beschäftigte. Der Vollständigkeit halber muss ich aber auch anführen, dass sich meine Phantasien nicht nur auf das Zwischenmensch-liche beschränkten. Ich malte auch Landschaften, Vögel und Vulkane. Nun ja, in Zeichnen und Erdkunde war ich halt der Klassenbeste. In Rechnen war ich auch nicht schlecht. In Deutsch war der Kleinste von uns, das *„Römbell-Schdilzche"*, Manfred Römbell, damals besser. Okay, der wollte ja auch immer schon Schriftsteller werden (Buch „Rotstraße").
Aber als die Sparkasse einen Schulwettbewerb im Aufsatzschreiben ausgeschrieben hatte, schrieb ich den besten Aufsatz. Dank meiner Phantasie!

Natürlich hatte mein Wettbewerbsaufsatz nichts mit Sexualität zu tun. Ich schrieb eine Geschichte über das Leben eines Wals in den tosenden Wellen des Ozeans. Unser Lehrer, der „Öhm Luji", sagte damals: „Günter, dein Aufsatz ist zwar der beste von allen, aber nur was den Inhalt anbetrifft. Da bekommst du eine 18 (von 20). In Rechtschreiben bekommst du, wegen der vielen Fehler, eine 9. Deshalb schreibt dein Banknachbar Paul (Scherer) deinen Aufsatz jetzt mal ins Reine. Der kann ja fehlerfrei schreiben."
Ich sagte mir: Sei's drum, man muss ja nicht gleich alles können! Hauptsache meine Geschichte war gut.
Singen konnte ich auch nicht. Und wenn man singen konnte, dann hatte man es bei Ludwig Öhm gut stehen. Der Lehrer Öhm war zwar fast taub, aber als leidenschaftlicher Geigenspieler hatte er das absolute Gehör für den richtigen Ton. Wenn einer von uns 30 Schülern beim Singen einmal nicht den richtigen Ton traf, dann sauste der *Luji* durch den Klassenraum und traf zielgenau den Falschsänger mit dem Geigenbogen am Kopf. Irgendwann strukturierte er den Gesangsunterricht arbeitseffizienter für sich. Er fasste alle notorischen Falschsänger in der 3. Stimme zusammen. Damit saß auch ich, gemeinsam mit fünf anderen Brummern, in den drei Bänken ganz vorne, rechts. Also in Stockreichweite von unserem Chorleiter. Was dennoch unsere Musikalität nicht förderte.
Zum Singen und Musizieren hatte ich also kein Talent. Oft saß ich jedoch ganz gebannt vor unserem Radio und hörte amerikanische Musik. Oswald gefiel das gar nicht. Die „Negermusik" könne man sich doch nicht anhören, meinte er. Als alle Jungs die Haartracht amerikanischer GIs, den „Stiftenkopf", mit bis auf 6 Millimeter gekürzten Borsten trugen, durfte ich das auch nicht. Oswald verlangte mindestens Streichholzlänge. Und das kontrollierte er dann nach meinen Frisörbesuchen auch.

Alles was fremd war, z.B. wie es in fernen Ländern aussah oder welche Tiere es dort gab, interessierte mich sehr. Ich hatte bis zum elften Lebensjahr noch nie einen Esel gesehen. Und dann hatte der Radiohändler Schmitt einen Fernseher im Schaufenster ausgestellt, in dem einer zu sehen war. Vor dem Fenster stand eine Menschentraube. Alle hatten noch nie ferngesehen. Ich schlüpfte zwischen den Erwachsenen hindurch bis zur Scheibe. Dann sah ich den Esel in Schwarzweiß auf dem Bildschirm.
Es war der Esel eines algerischen Jungen. Der Französische Film zeigte nicht nur einen lebendigen Esel, sondern auch Palmen in einer Oase und Kamele in der Wüste. Ich war so weggetreten, dass ich die Zeit vergaß. Noch in der Abenddämmerung stand ich vor der Scheibe. Mein Vater kam und suchte mich. Er fand mich nicht gleich in der Menschenmenge. Doch als er mich fand, gab es eine Standpauke mit Schlag auf den Hintern.

Weil ich mehr über Wüsten, Wald und wilde Tiere wissen wollte, bat ich meine Mutter mir die Monatsheftchen „Brehms Tierleben" zu kaufen. Bald wusste ich, dass Gorillas Nester bauen und sich auf die Brust trommeln, dass Okapis bei den Pygmäen im Wald leben und dass man dem Krokodil den Finger in ein Auge bohren muss, damit es wieder los lässt, wenn es mal zugebissen hat.
Voller Neugierde verschlang ich auch ein Buch, das mein Onkel Peter besaß. In ihm hatte er mehr als hundert seiner gesammelten Zigarettenbildchen eingeklebt. Das Buch hieß: „Die Deutschen Kolonien". Vor allem zeigte es Bilder aus Afrika. Dieses Buch weckte eine leidenschaftliche Sehnsucht nach Reisen in fremde Kontinente, vornehmlich nach Afrika, in mir. Er schenkte mir das Buch und ich besitze es heute nach 60 Jahren noch.
Eine außerordentliche Überraschung erlebte ich aber, als ich 1994 in Namibia war.

In Swakobsmund ging ich in einen deutschen Buchladen. Dort fand ich, unter allerhand verstaubtem Krempel aus der Kolonialzeit, ein, wohl von einem kaiserlichen Beamten zusammen- geklebtes, gleiches Buch noch einmal.

Vor dem Reisen nach Afrika musste ich mich allerdings noch mit wesentlich kürzeren Reisen begnügen.

Mit zwölf Jahren beschloss ich mit den Schulkameraden Hansi und Rolf auf Fahrrädern einen Ersten-Mai-Ausflug zu machen.

Wir wollten im Ostertal und am Jägersburger Weiher zelten. Zelt, Kochgeschirre, Fertigsuppen, Wolldecken, Streichhölzer, Taschenlampen, Gleichstrom-Klingel, Beil und Draht wurden gerecht auf die Räder verteilt. Mit dem Ratschlag, die Hauptstrassen zu meiden, fuhren wir vollbepackt los. Nach etwa fünf Kilometern passierte es!

Radtour am 1. Mai

Wir fuhren auf einem Feldweg einen Berg hinunter, als ich mit dem Vorderrad in eine tiefe Regenfurche geriet. Unvermittelt hob es mich vom Sattel ab, und ich flog über den Lenker hinweg. Mit Ellenbogen und Knien bremste ich den Flug ab.

Es war ein Abbremsen, das mich Haut und Blut kostete.

Gebrochen hatte ich mir nichts und Verbands-Zeug hatten wir ja selbstverständlich dabei. Als meine Freunde mich verarztet hatten, setzten wir die Reise zu unserem ersten Zeltplatz fort. In einer feuchten Wiese, nur wenige Meter neben dem Oster-Bach, schlugen wir unser Zelt auf.

Günter und Hansi beim Zeltaufbau

Nun ist es ja Brauch, dass in der Nacht vor dem ersten Mai, der Hexennacht, allerlei Schabernack getrieben wird. Wir zelteten am Ortsrand des kleinen Bauerndorfes Führt. Natürlich war damit zu rechnen, dass die Dorfjugend auch hier den Hexen-Brauch intensiv pflegte. Wir hatten Sorge, dass sie uns nachts die Fahrräder wegschleppen könnten. Auf welche Streiche man in der Hexennacht kommen kann, das wussten wir selber. In meinem Wohnort war ja in der Hexennacht vor den Hexen auch nichts sicher, was sich aushängen, wegtragen oder wegrollen ließ,.

Bei den Maiwanderungen am Tag der Arbeit konnte man dann darüber staunen und grübeln, wie es den Hexen mal wieder in der Nacht gelungen war Aschentonnen, Gartentore oder Schiebekarren in den Bäumen aufzuhängen. Genau so etwas sollte uns mit unseren Fahrrädern aber nicht passieren. Also legten wir die drei Räder vor dem Zelteingang aufeinander und verkabelten sie mit Schießdraht untereinander. Dann schraubten wir die Birnchen aus unseren Taschenlampen und nahmen die Batterien heraus. Die Batterien, die Klingel und die Birnen verknüpften wir mit den Fahrrädern so, dass bei einem Wackeln an den Fahrrädern ein Lämpchen aufleuchtete und es klingelte. Mehrmalige Funktions-Tests überzeugten uns davon, dass das eine prima Idee war.

Mitten in der Nacht schreckten wir aus dem Schlaf auf. Der Wiesenboden zitterte und es polterte laut. Kein Lämpchen leuchtete und es klingelte auch nicht. Wir schauten ängstlich aus dem Zelt hinaus und sahen, dass unsere Räder noch genau so da lagen wie wir sie hingelegt hatten. Es war allerdings so stockdunkel, dass man ein paar Meter weiter nichts mehr sah. Mit unseren Taschenlampen konnten wir das Dunkel nicht erhellen, sie waren doch leer. Ihnen hatten wir ja die Birnen und Batterien entnommen. Den Schein einer Lampe hätte auch ohnehin der Nebel verschluckt, der über der Wiese lag.

Am nächsten Morgen stellten wir fest, dass unsere Warninstallation auch gar nicht funktioniert hätte. Alles in der Talaue war nämlich mit Reif überzogen, und die zuvor sorgfältig frei gehaltenen, nur bei Berührung Strom leitenden Kontakte an den Fahrrädern waren vereist. Dadurch entstanden Kriechströme und unsere Batterien hatten sich entleert! Was aber hatte uns in der Nacht aus dem Schlaf gerissen?

Es war ein großer Leiterwagen. Die Hexen von Führt hatten ihn auf der anderen Bachseite den Hang hinunterlaufen lassen. Jetzt stand er mitten in der Oster. Mensch, da hatten wir aber Glück gehabt, dass er im Bachbett zu stehen kam. Wenn der über unser Zelt gerollt wäre, hätte unser Verbandszeug uns auch nicht mehr viel geholfen.

Wir konnten unsere Maitour im Sonnenschein fortsetzen. Es war schon erstaunlich warm, als wir abgekämpft und schwitzend am Jägersburger Weiher ankamen. Meine Kameraden kühlten sich in dem Weiher noch vor dem Zeltaufbauen ab. Dieses Vergnügen blieb mir versagt. Ich hatte ja Schürfwunden an Armen und Beinen. Zum Ausgleich durfte ich dann beim Bootfahren rudern.

Übrigens blieb es nicht bei nur zwei Stürzen mit dem Fahrrad. In Friedrichsthal kam ich einmal mit dem Vorderrad in die Straßenbahnschienen und machte intensive Bekanntschaft mit dem Straßenpflaster.

Ein anderes Mal fiel ich bedeutend weicher. Es geschah, als ich vom Sportplatz aus auf der Hauptstraße nach Hause fuhr. Hansi fuhr vor mir her und bremste plötzlich. Ich hatte keine Zeit mehr zur Seite auszuweichen und fuhr gegen sein Hinterrad. Daraufhin kippte ich zur Seite ab und fiel in einen Kinderwagen auf dem Gehweg. In dem Wagen lag ein Säugling, der von seiner Großmutter spazieren gefahren wurde. Da war aber was los.

Bei der großen Fahrradtour, die wir vor unserer Entlassung aus der 8. Volksschulklasse machten, stürzte ich nicht. Unser Ziel war die Burg Thallichtenberg bei Kusel in der Pfalz. Dazu mussten wir sogar eine Staats-grenze überqueren. Die Grenze zwischen dem politisch und wirtschaftlich an Frankreich angebundenen Saarland und „dem Reich", also der Bundesrepublik Deutschland. Heute noch sind die Grenzsteine vorhanden, bei denen auf einer Seite ein S und auf der anderen ein D eingemeißelt ist.

Grenzstein
Saarland /Deutschland

Ohne Pässe fuhren wir hinter dem saarländischen Grenzort Marth ins Niemandsland ein. Als wir den Schlagbaum hinter uns ließen, jubelten wir. Nicht etwa, weil wir bald im „Ausland" ankamen, nein, die vielen reifen Kirschen, die es am Rand der Straße nach dem pfälzischen Selchenbach gab, erfreuten uns. Schnell stellten wir unsere Räder ab und kletterten auf einen Kirschbaum. Gerade schlugen wir uns die Bäuche voll, als wir sahen, dass ein uniformierter Mann, aus der Pfalz kommend, auf unsere Fahrräder zusteuerte. Es war ein Zollbeamter.

Damals konnten im Grenzbereich abgestellte Fahrräder immer ein Hinweis darauf sein, dass Schmuggler unterwegs waren. Der Zollbeamte hatte bestimmt entsprechende Erfahrungen gemacht und wollte Schmuggler festnehmen. Uns rutschte fast das Herz in die Hose. Was ist, wenn der nun unsere Räder beschlagnahmt? Oder uns wegen Kirschendiebstahls verhaftet? Wenn er uns etwa wegen Obstschmuggels in ein pfälzisches Gefängnis steckt und uns tagelang inhaftiert? Oder weil wie ohne Papiere in die Bundesrepublik einreisen wollten?

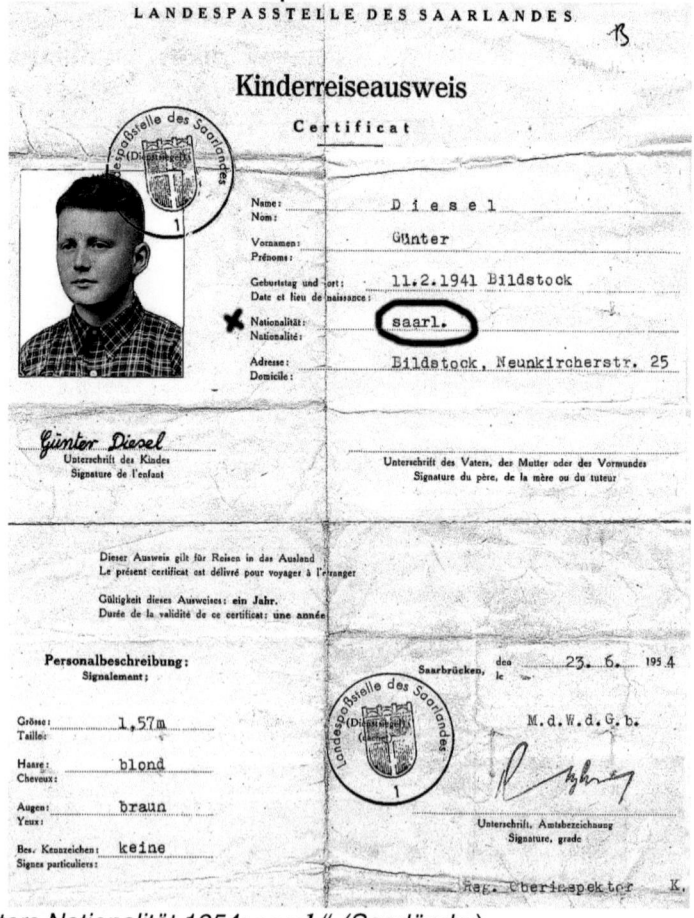

Günters Nationalität 1954: „saarl." (Saarländer)
Diesen Ausweis hätte der Zöllner verlangen können.

Wir saßen totenstill in der Baumkrone und glaubten, die Blätter verdeckten die Sicht auf uns. Der Zöllner erkannte wohl am Gepäck auf den Fahrrädern, dass wir keine Schmuggler waren.
Er sah sich um und entdeckte uns in dem Baum. Dann sagte er: *„Ei ihr Buuwe, schlaan eisch nur die Beisch voll. Die dooh Kärrsche ernd jooh doch känner meh."* (Nun ihr Buben, schlagt euch nur die Bäuche voll. Diese Kirchen erntet ja doch keiner mehr). Da spuckten wir drei aber dicke *Kärrschekähre* (Kirschkerne) aus und hauten uns die Bäuche so voll Kirschen, dass wir bald platzten.
Als wir von dem Kirschbaum herabgestiegen waren, bekamen wir einen Riesendurst, und es war gut, dass wir im Gepäck erfrischendes Essigwasser mit hatten. Doch, kaum dass wir unsere Fahrt „ins Reich" fortsetzten, rissen uns üble Magenkrämpfe aus den Sätteln. Und drei Jungs suchten schleunigst druckbefreiende Örtchen im Kornfeld auf.
Dass Saarländer vor den Pfälzern auf die Bäume klettern würden, war damals eine gängige Behauptung gewesen. Natürlich taten sie das nicht wirklich, aber es gab bei uns das Sprichwort: *„Uff die Bäähm, die Pälzà kumme!"* (Auf die Bäume, die Pfälzer kommen). Das rührte daher, dass es in der Pfalz kaum gut bezahlte Arbeitsplätze gab und viele Pfälzer zum Arbeiten zu uns ins Saarland kamen.
Besonders die Westpfalz bot nur Arbeit in der Landwirtschaft oder in der Schuhindustrie. Im Saarland gab es reichlich Arbeit in der Metallindustrie und dem Kohlenbergbau. Also strömten die Menschen aus der Pfalz zu Tausenden ins Saarland, um Geld zu verdienen. Ganz berühmt waren dabei die „Mackenbacher". Traditionell kamen sie aus dem Ort Mackenbach. Sie waren aber keine Hütten- oder Bergarbeiter, sondern überwiegend Musiker. Diese Männer kamen in kleinen Gruppen und zogen musizierend und singend durch saarländische Städte und Dörfer.

Ich gehe davon aus, dass der Zöllner, der uns beim Kirschenklauen überraschte, manchen dieser Pendler beim Schmuggeln erwischte. Denn es lohnte sich, französischen Camembert oder Cognac in die Pfalz zu schmuggeln.

18 Arbeitszeiten

Am 31. Juli 1955 wurde ich mit einem relativ guten Zeugnis aus der achten Klasse der Katholischen Volksschule Bildstock entlassen. Ich war vierzehn und ein halbes Jahr alt. Mein Vater wollte, dass ich Elektriker werde. Er wollte selber immer Elektriker oder Radiobauer werden, wurde dann aber „nur" Schlosser. Oswald hatte schon mit einem kinderlosen Ehepaar Kontakt aufgenommen, das ein Geschäft für Radios und Elektroartikel besaß. Er wollte mir die Lehre in dieser Branche mit der Aussage schmackhaft machen, dass ich den Laden später übernehmen könne. Auf keinen Fall wollte ich als künftiger Radioverkäufer an diese „Adoptiveltern" verschoben werden. Auch wenn es gemeinhin hieß: „Elektriker heiraten bürgerlich".
Die Mehrzahl meiner Schulkameraden begann eine Lehre bei der *Régie des mines de la Sarre*, im Saarbergbau. Als Bergmann in die dunkle Grube einfahren? Das wollte ich aber auch nicht. Da ich gut zeichnen konnte, wollte ich Technischer Zeichner in einem großen Unternehmen werden. Nach einer bestandenen Ausleseprüfung brachte ich meinen Vater soweit, dass er dazu für mich einen Lehrvertrag bei einer Stahlbaufirma abschloss. Als ich im Personalbüro der Firma meine Lohnsteuerkarte abgab, prüfte die Dame hinter dem Schreibtisch noch mal, ob alle Daten stimmten. Sie las mir Name, Geburtstag, Adresse, Geschlecht und Religionsgemeinschaft vor.

Bei allen Daten nickte ich, nur bei Religion stutzte ich. Stand da doch tatsächlich „ev" und nicht „rk". Als die Frau mich fragte ob das falsch sei, zuckte ich gleichgültig mit den Schultern, ohne über irgendwelche Folgen nachzudenken. Weiß der Teufel wie es kam, von Finanzamts wegen war ich nun offiziell evangelisch. Mir war das ziemlich egal. Es war sogar für mich von Vorteil! Sonntags konnte ich nun zu Klara sagen, ich würde evangelische Kirchensteuer bezahlen und wäre jetzt staatlich dokumentiert eindeutig evangelisch. Damit brauchte ich endgültig nicht mehr in die katholische Kirche zu gehen.

Ab September 1955 musste ich morgens um 3 Uhr 45 in der Dachkammer unseres Hauses aufstehen und leise die alte, knarrende Holztreppe hinunter in die Küche schleichen. Alles schlief noch, während ich mich am Spülstein wusch und hastig anzog. Dann schlang ich schnell die Frühstücksbrote hinunter, die Klara mir am Abend zuvor bereitgestellt hatte, packte das Paar Doppelbrote, das auch bereitlag, in meinen Brotbeutel und schnappte mir den kleinen Aluminiumkessel, den „Henkelmann", in den meine Mutter Essen gefüllt hatte. Um Punkt vier Uhr rannte ich aus dem Haus. Noch im Dunkeln lief ich zwei Kilometer zur Straßenbahn-Haltestelle nach Friedrichsthal hinunter. Ich brauchte nie Sorge zu haben, dass mir zu der Tageszeit einer unserer Gegenspieler von den Glasspatzen auflauerte. Die einzigen Menschen denen ich begegnete, waren der Fahrer des Autos, das die Zeitungspakete auslieferte und der des Milchautos. Dann fuhr ich mit der Straßenbahn 8 km weiter, wo ich in einen Bus umsteigen musste um 4 km weiter zu kommen. Dort angekommen, stand ich 20 Minuten vor dem Werkstor der Schlosserei, in der ich arbeitete. Um sechs Uhr wurde das Tor geöffnet.

Ja, ich begann meine Lehrzeit in einer Schlosserei, wogegen mein Vater dann erstaunlicherweise doch nichts einzuwenden hatte.

Zur Ausbildung als Technischer Zeichner gehörte ein einjähriges Praktikum im Metallbau. Und das leistete ich zufällig in der Schlosserei ab, in der mein erster Patenonkel, der Kampf-Flieger Johannes, 28 Jahre zuvor auch mal als Lehrling gearbeitet hatte.

Gemeinsam mit den Schlosserlehrlingen musste ich tagelang Eisenstücke mit einer Feile bearbeiten, ohne dass die bearbeiteten Teile nach Abnahme durch den Meister irgendeiner Verwendung zugeführt wurden. Danach musste ich dem Schmied helfen. Wir nieteten Schiebekarren zusammen. Ich musste auch mit dem Hammer zuschlagen, während der Schmied glühendes Eisen mit einer Zange auf den Amboss legte.

Herr Dertinger, der Schmied, war 64 Jahre alt, konnte schimpfen wie heißes Eisen und redete fortwährend davon, demnächst diese *„Bagaasch..."* (Bagage = Gesindel), also den Meister und die Schlossergesellen, *„nimmeh siehn ze brauche"* (nicht mehr zu sehen brauchen). Ich wurde von ihm gut gelitten. Ich stellte mich nicht so ungeschickt an wie die anderen Lehrlinge. Schließlich hatte ich als kleiner Junge schon genau hingeschaut, als mein Onkel, der Ulrich Karl, geschmiedet hatte. Besonderes Lob erntete ich bei dem alten Schmied jedoch, weil ich „Sie" zu ihm sagte und nicht „Du", wie alle Gesellen und sogar der Lehrling, den sie „Spatz" nannten.

Während meiner Zeit in der Schlosserei erlebte ich auch manchen derben Blödsinn.

Das Außenlager hinter der Werkshalle grenzte an einen etwa zwei Meter breiten Bach, an dessen gegenüberliegendem Ufer eine Straße vorbei führte. Wenn eine junge Frau auf dieser Straße ging, konnten die Gesellen es nicht lassen sie zu fragen, ob sie dunkle oder helle Schamhaare hätte.

Zu meiner Überraschung gab es Frauen, die auf die Pöbeleien eingingen und eindeutige Antworten gaben.
Das Fragen der Gesellen setzte sich dann darin fort, dass einer der Männer die Frau aufforderte, sie solle den Beweis antreten. Zumindest solle sie die Haare in ihren Achselhöhlen zeigen, damit man Rückschlüsse ziehen könne.
Eine Frau ging soweit, dass sie mit deutlichem Handzeichen auf ihre Schamgegend verwies und sagte: *„Ei komm, gugg dà´s aan, du Feischling."* (Komm, schau dir es an, du Feigling). Da ging einer der Kerle zum Bachufer und nahm sich eine Bohnenstange aus dem Gartenbeet, das der Firmenchef dort angelegt hatte. Er nahm Anlauf, stieß die Stange in die Bachmitte und wollte sich in der Manier eines Stabweitspringers zum gegenüber liegenden Ufer schwingen. Doch der Boden des abwasserdreckigen Bachs war so verschlammt, dass der Stab darin senkrecht steckenblieb und sich nicht in Sprungrichtung beugte, sondern abbrach. Der mutige Springer fiel vollends in den stinkenden Bach.
Die Frau kam vor Lachen fast in Atemnot, und in der Werkshalle war das Gelächter riesengroß. Ich dachte, dass es ihm zu Recht geschah. Fortan hieß der kühne Springer nur noch „Schlammtaucher".

Bei all meiner Neugierde, was weibliche „Tabuzonen" anbelangte, bei solchen Sachen verlor ich den Respekt vor den Gesellen und schwor mir niemals so wie sie zu werden.
Ganz wesentlich trug dazu auch ein anderes Ereignis bei.
Bei den Kerlen war das Thema, wer von ihnen wohl den längsten Penis hätte, ein Dauerthema.
Draußen im Eisenlager war der Platz, an dem die fertigen Stahlkonstruktionen korrosionsbeständig angestrichen wurden. Ein Hilfsarbeiter, den sie „Maler" nannten, hatte die fertigen Arbeiten mit Mennige zu streichen.

Der relativ kleine Anstreicher prahlte damit, dass er den größten Penis von allen hätte. Eines Tages prahlte er in der Mittagspause wieder damit. Die anderen stritten das ab und brachten den Maler soweit, dass der die Hose öffnete und sein stolzes Teil auspackte. Im selben Augenblick sprangen zwei Mann zu ihm hin und hielten ihm die Arme fest. Ein Dritter ergriff den Pinsel aus einem nahen Farbtopf und strich dem Maler sein gutes Stück mit Mennige an. Er musste das Teil später mit Perchloräthylen (Pinselreiniger) säubern.

Es war eine harte Lehrzeit für mich. Schramm, der Meister, war ein Ekel. Er ohrfeigte mich dreimal. Das erste Mal, weil ich beim 6-Mann-Trägertransport, als vorne Anpackender „Stopp" sagte. Derartige Kommandos sollten zwar dem Meister vorbehalten bleiben, doch der stand hinten und konnte nicht sehen, dass die Mannschaft beinahe die Hallenwand mit dem Träger einrammte.
Beim zweiten Mal klebte er mir eine, weil er dachte, ich wäre nur zur Toilette gegangen, um heimlich eine Zigarette zu rauchen. Dabei hatte ich dem Rauchen doch schon lange abgeschworen.
Es war „Spatz", der zwischendurch häufiger zum Rauchen auf der Toilette saß. Wenn Schramm das mitbekam, trieb er ihn mit einem Wasserstrahl dort aus den Kabinen heraus.
Die dritte Watsche bekam ich, weil ich einmal samstags um 12 Uhr Feierabend machen wollte. Ich weigerte mich die Werkstatt zu kehren, weil der andere Praktikant, der schon 19 Jahre war, Abitur hatte und Ingenieur studieren wollte, die Werkstatt nicht säubern musste.

Aber ich bekam auch ganz andere Schläge, Stromschläge. Und das mehrmals dann, wenn ich Werkstücke beim Elektroschweißen festhalten musste.

Oft „verblitzte" (verbrannte) ich mir dabei auch die Augen, weil ich keine Schutzbrille hatte und gelegentlich doch in die Flamme schauen musste.
Das waren nicht meine einzigen Verletzungen. Ein paarmal geriet ich auch beim Schleifen mit den Fingern an den Schleifstein und fügte mir breite Wunden zu.
Und als im Januar 1956 die Temperatur in der Werkshalle auf minus 11 Grad sank, blieben mir die Finger am Eisen kleben. Damals waren alle sehr freundlich zu Herrn Dertinger, denn in seiner Esse glühte ein Koksfeuer, an dem man sich wärmen konnte. Die durchlöcherten Blechtonnen, die man als Koksöfen in der Halle verteilt aufgestellt hatte, blieben nach drei Wochen Winter kalt. Im Kohleland Saarland war der Koks knapp geworden! Wohin hatten die Franzosen unsere Kohle und den Koks nur verscheuert? Nach Bayern etwa?
Die Kokereien arbeiteten jedenfalls auf Volltouren. Das merkte ich jeden Morgen und Mittag, wenn ich mit der Straßenbahn an der Altenwalder Kokerei vorbeifuhr. Dort stank die Luft so sehr nach Teer und Naphthalin, dass man am liebsten auf einer Strecke von einem Kilometer Länge die Luft angehalten hätte.
Wenn ich am Feierabend mit der Straßenbahn wieder nach Hause fuhr, habe ich den Gestank immer besonders gut mitbekommen. Denn ich war praktisch dem vollen Fahrtwind ausgesetzt, weil ich mich schämte. So sehr schämte, dass ich nach dem Einstiegen immer gleich auf der Fahrzeugplattform an den Türen stehenblieb.
Im Inneren der Bahn saßen nämlich die Mädchen, die nach Schulschluss vom Gymnasium nach Hause fuhren.
Ich stand dann in meinem fast bis an die Knöchel reichenden, karierten, dunkelvioletten, grob gewebten Mantel und den in hohen, mit Lederschnüren gebundenen Arbeitsschuhen aus Schweinsleder an den Füßen, auf der Plattform.

Ich vermied es in das Wageninnere zu schauen. Selbst im Sommer stellte ich den Mantelkragen hoch, damit mich keines der Mädchen erkennen sollte.
Der Mantel war ein Erbstück meines Großvaters. Ich hasste den Mantel, aber nicht nur wegen seiner Farbe, sondern auch weil im Mantelstoff Pferdehaare eingewebt waren. Die stracken Borsten pieksten mich immer am Hals.
Mein Heimweg aus dem Tal nach Hause verlief damals friedlich. Lag es etwa daran, dass ich damals schon fast meine Endgröße von einem Meter und dreiundachtzig Zentimetern erreicht hatte und – es sei dem Turnen gedankt – schon breite Schultern hatte?

21 *Heim ins Reich*

Ab 1950 ging es uns – was die Lebensmittelversorgung anbelangte – ganz gut. Die Franzosen wussten, dass Liebe durch den Magen geht! Und sie wollten, dass wir sie liebten, damit wir bei Frankreich blieben. Denn sie hatten ja die nationale Einverleibung des «Canton de la Sarre»", der Kohle wegen, im Sinn.
Gegen den totalen Anschluss an Frankreich formierte sich jedoch bundesdeutscher und teilweise saarländischer Widerstand. Wie 1935 kam es 1955 wieder zur Saarabstimmung. Zu einer Abstimmung darüber, wer bei uns Herr im Haus sein sollte. Es stellte sich auch die Frage, ob wir Eigenständig werden wollten.
Die Franzosen wollten allerdings wirtschaftlich noch einen Fuß in der Türe an der Saar behalten. Sie dachten daran einer separaten Existenz des Saargebietes unter der Voraussetzung zuzustimmen, dass eine enge wirtschaftliche Bindung an die „Grande Nation" weiterhin bestehen blieb.

Faktisch standen die Saarländer vor der Frage, ob sie eine französisch gefärbte Selbstständigkeit des Saarlandes oder den Anschluss des Landes an die Bundesrepublik Deutschland wollten. Wollte man „separat" bleiben, musste man mit Ja stimmen. Wollte man deutscher Bundesbürger werden, musste man Nein sagen. Bei der Entscheidung darüber war ich 15 Jahre und damit nur Beobachter. Die tatsächliche Bedeutung der Entscheidung begriff ich damals nicht vollends.
Ich sah nur, dass sich Ja- und Neinsager während der Wochen vor der Abstimmung heftig bekriegten. Einige der Streithähne sammelten Pflastersteine auf und warfen damit nach Polizei und Gegner. Ich sammelte Schmähbildchen, auf denen der damalige – beleibte – Johannes Hoffman, genannt „Jo Ho", verhöhnt wurde. Er war „Ja-Sager" und befür-wortete die Separation des Saarlandes als eigen-ständiges, aber eng mit Frankreich verbundenes Land. Die Nein-Sager wollten „heim ins Reich", also den Eintritt in die Föderation der Bundesrepublik Deutschland. Auf ihren Plakaten und den kleinen Bildchen stand: „Der Dicke muss weg!" Und das schafften sie auch. 67,7 % der Saarländer entschieden sich gegen den beleibten „Jo Ho" und ein eigenständiges Saarland. Die Franzosen akzeptierten die Entscheidung, jedoch nicht ohne sich zuvor ein Faustpfand auf unsere Kohle zu sichern. Sie setzten durch, dass sie nach dem Anschluss an die BRD noch 25 Jahre lang, von Lothringen aus unter der Grenze hindurch im saarländischen Landesteil Warndt Kohle abbauen durften. Das Saarland wurde im wahrsten Sinne ausgebeutet und hat sich kaum davon erholen können. Es wurde zum „Nehmerland" in der deutschen Föderation. Heute, in einer Zeit, in der einige Bürger Deutschlands fordern das Saarland als Bundesland aufzulösen, weil Bayern, Hessen oder Baden-Württemberg das Saarland finanziell unterstützen müssen, fragt mancher Saarländer: „War das „Nein" 1955 vielleicht doch falsch?"

Die „Geberländer" haben vergessen woher die Kohle kam, die die süddeutschen Wohnungen heizte. Wer hat die Bayrischen Wirtshäuser gewärmt? Von wo kamen der Stahl, die Bleche und die Motorblöcke für BMW und Mercedes? Wessen Flüsse und Böden sind dafür verseucht worden? Wessen Landschaft ist als verdreckt geächtet worden?

In der Zeit, in der andere ihre industriellen Grundstoffe aus dem Saarland bezogen, um noble Werke aufzubauen und aus Bauernstaaten Touristenziele machen konnten, waren sie froh, dass es ein Saarland gab – für die Schmutzarbeit! Wir, die in der montanen Schmuddelecke am Rande der Deutschen Republik liegen, konnten nicht etwa wie Luxemburg ein Steuerparadies sein und mit Bankgewinnen unsere Industriebrachen, Böden und Gewässer eigenständig sanieren.

Denn wir wurden mit dem Slogan „Heim ins Reich" in die Gemeinschaft der deutschen Bundesstaaten. Eingegliedert. Und unterliegen dem föderativen Steuerrecht.

Heute frage ich: „Ist diese Gemeinschaft denn nur eine Steuersäckel-Gemeinschaft oder auch eine Solidargemeinschaft?"

Übrigens, was hatte der Ministerpräsident Bayerns, der Urbayer Franz Josef Strauß, einmal zur Solidarität gesagt, als Bayern selber noch „Nehmerland" war? Er fand es beschämend von armen „Nehmern" und reichen „Gebern" zu sprechen. Schließlich müsste man auch in armen Bundesländern die gleichen Steuern zahlen.

Spätestens ab 1980 ging es mit der Montanindustrie im Saarland – wie in an der Ruhr auch – bergab. Und wenn die BRD, in den Jahren des schwieriger werdenden Kohleabsatzes, für das Saarland das Steuersäckel in Form von Subventionen aufgemacht hatte, dann nur, um die nationale Energiereserve Kohle zu sichern.

Das war gut für den Erhalt der Arbeitsplätze der saarländischen Bergleute, aber nicht unbedingt für die Zukunft des Saarlandes.
In dem kleinen Land hatten sich in den vergangenen zweihundert Jahren Deutsche und Franzosen mehrfach mit Waffengewalt um die Kohle gestritten.
Selbstverständlich verdienten Saarländer auch mit daran, als der preußische Fiskus oder der französische Staat, dann die Ruhrkohle AG und später die Deutsche Steinkohle (DSK, Essen) saarländische Kohle verkauften. Aber eigentlich war das Saarland für die Nachbarn rechts und links seiner Grenzen immer nur militärstrategisches oder wirtschaftliches Interessengebiet.
Das Saargebiet wurde immer fremdbestimmt und ausgebeutet. So konnte sich in ihm so gut wie keine andere als die Montanindustrie entwickeln.
Ein solches Land fällt in ein tiefes Loch, wenn keiner mehr seine Kohle kaufen will, weil sie auf dem Weltmarkt billiger ist. Um Geld in die klamm gewordene Landeskasse zu bekommen, hätten neue Gewerbe und andere industrielle Erwerbsquellen angesiedelt werden müssen. Dass das in den Bergbau-Auslaufjahren nicht ausreichend geschehen wäre, wirft man dem ehemals evtl. selbstständig wirtschaften wollenden, heutigen Bundesland Saarland vor. Diejenigen, die das tun – die „Kohle-Empfänger" – haben gut reden. Sie vergessen, dass die Umstrukturierung von Ackerland in Tourismus- und High-Tech-Industrien wesentlich leichter zu machen ist als die Dekontaminierung und Wiederverwertung von Industriebrachen.
Herr im eigenen Haus waren wir in unserer Geschichte eigentlich nie. Preußen, Bayern, Oldenburg, Deutsches Reich und Frankreich teilten sich das Land. Einen solch häufigen Wechsel der Herrschaft über einen begrenzten Raum kann kaum eine andere Region aufweisen.
Nicht einmal das Elsass.

In weniger als 20 Jahren hatte ich z.B. vier unterschiedliche staatliche Identifikationen.
So, hatte ich eine Geburtsurkunde des 3. Deutschen Reiches, eine Carte de Identifikation Francais, einen Saarländischen Kinderpass und einen Personalausweis der Bundes-republik Deutschland. Wenn man so will, hatte ich seit 1941 schon vier Mal die Staatszugehörigkeit gewechselt. Meinen Vorfahren ging es über Jahrhunderten ähnlich.
Fremde Herrschaften akzeptieren, sich an andere Lebens-Gewohnheiten, anpassen und neue kulturelle Einflüsse übernehmen, das mussten die Menschen zwischen Lothringen, Hunsrück und Pfalz in den vergangenen 250 Jahren immer wieder.

Das und die Arbeit im Bergbau oder in den Eisenhütten, haben die Menschen geprägt. Das schuf ihren Charakter und ihre Identifikation lässt sich klar von der der Nachbarn abgrenzen.
Damit sollten sie auch das Recht haben eigenständig in den regionalen Grenzen zu ihren Nachbarn zu leben. Natürlich in der über hunderte von Jahren geübten Kooperation mit ihren Nachbarn jenseits dieser Grenzen.

Eine Auflösung des Saarlandes aus finanziellen Erwägungen wäre die Fortsetzung französischer oder deutscher Einverleibungspolitik, wie sie das Land schon oft erlebt hat. Nur mit umgekehrtem Vorzeichen!
Dieses Mal will man seine politische Existenz abschafften, weil man ohne Kohle keinen wirtschaftlichen Vorteil mehr daraus ziehen kann und das Saarland damit in einer föderativen Gemeinschaft nur noch lästiger Almosenempfänger bezeichnet wird.

22 Wilde Zeiten

Das Verhältnis zu unseren Friedrichsthaler „Freunden" hatte im Allgemeinen vielleicht etwas an Brisanz verloren, doch ganz spannungsfrei war es nicht. Es knisterte zum Beispiel immer bei unseren Besuchen des Friedrichsthaler Schwimmbades. Bedrohlich wurde dort die Situation, wenn wir uns an die Mädchen aus dem Tal ranmachten. Auf dem Heimweg, über ein Feld oberhalb der Friedrichsthaler *Sandkaul*, lauerten uns dann die Widersacher auf.

Gerade wenn wir uns zum Mundraub in den dortigen Erdbeerfeldern niederließen, starteten unsere Gegner aus den Sandlöchern heraus ihre Angriffe.

Ich erinnere mich auch an einen Gegenfeldzug in die Sandburgen der *Glasspatze*. Damals kam es sonderbarerweise aber nicht zum Handgemenge. Man beschloss, den Zwist sportlich auszutragen, indem man einen Wettbewerb im Tiefspringen veranstaltete.

Die Kämpfer mussten im Wechsel von immer höher gelegenen Positionen aus, in den losen Sand am Fuß der Felswände springen. Bei der dritten Runde blieb der vor mir springende Friedrichsthaler tief mit den Schuhen im Sand stecken und kam nicht mehr rechtzeitig weg. Die Folge war, dass ich ihm mit beiden Füßen auf den Kopf sprang. In der Zeit, in der sich seine Kampfgenossen um ihn kümmerten, suchten alle Bildstocker natürlich schleunigst das Weite. Danach war das übliche Feindschaftsverhältnis erneut wieder hergestellt.

Gut, es gab auch friedliche Tage. Tage, an denen in Bildstock Heimat-, Bergmanns- und Turner-Festzüge stattfanden oder auf dem Marktplatz, am Sportplatz oder auf dem Hoferkopf ein Festzelt stand. Auch wenn im Wirtshaus „Waldhorn", dem Katholischen Vereinshaus, dem „Gasthaus zur Post" (*„Beim Kraus Karl"*), oder im „Trierer Hof" *Faasenacht* (Karneval) gefeiert wurde.

Ebenso, wenn eine Bildstocker Theatergruppe auftrat oder einer der Gesangvereine ein Konzert gab, dann durften die Talbewohner in Frieden hoch kommen. Schließlich gab es in ihrem Stadtteil ja derartige Ereignisse nicht in einem solchen Maß wie bei uns. Allenfalls gastierte dort, auf einem alten, ausgetrockneten Schlammweiher, mal ein Zirkus.

Unsere Mitbürger aus dem Tal kamen gerne zum Tanzen ins Waldhorn und in unsere vielen Gasthäuser. Und die aus dem Tal waren auch dabei, als 1954, während unserer Kirmes, das Bier ausging. Bierflaute!

Aber nicht nur weil Kirmes war, sondern weil just, während ich Autoskooter fuhr, Deutschland Fußball-Weltmeister wurde. Das wurde so begossen, dass in allen Ortskneipen die Fässer trockenfielen.

Ein Jahr später feierte ich zusammen mit meinen Turnbrüdern unsere Preise, die wir auf einem Turnfest gewonnen hatten.

Gauturnfest in Bildstock;

Auch dieses Ereignis hat sich tief in mein Gedächtnis eingebrannt. Ich war gerade 14 und zum ersten Mal granatenvoll! Jemand vom Vereinsvorstand und von denen die schon Geld verdienten, schmissen Runde um Runde. Es geschah auf der Café-Terrasse des Friedrichsthaler Schwimmbades.
Noch nie zuvor hatte ich Wein getrunken. Und der gespendete Wein schmeckte mir vorzüglich. Heute würde ich sagen es war süßer Fusel. Jedenfalls waren ich und meine Freunde stockbesoffen.

Angeblich gibt es Zeugen die behaupten, von uns wären welche nackt baden gegangen. An eine Abkühlung kann ich mich nicht mehr erinnern.
Es kann aber möglich sein, dass es so war, denn als wir das Café verließen, müssen wir wieder einigermaßen fit gewesen sein. Wie hätten wir es denn sonst geschafft, die im Café entwendeten Sonnenschirme in einer Prozession bis nach Bildstock auf den Marktplatz zu tragen. Was dann mit den Schirmen passiert ist weiß ich nicht mehr. Mein Gehirn war nach dem Schirmablegen mindestens 24 Stunden lang zu keiner Informations-Speicherung mehr in der Lage.

Das war eine Horrorerfahrung, die damals für mich keine belehrenden Konsequenzen nach sich zog.

Ja, wenn man erwachsen werden wollte, dann musste man da durch: „Männer trinken halt mal Einen". Und irgendwann muss man auch mal damit anfangen Frauen zu küssen. Das gelang mir auch 1955 bei einem Ferienaufenthalt an der Mosel. Ich wohnte damals gemeinsam mit einem Dutzend Jungs und Mädels in einer Jugendherberge. Am spannendsten und beliebtesten waren im dortigen Gemeinschaftsleben die gemischten Pfänderspiele.

Natürlich war es üblich, dass Jungs, von Mädchen die das Spiel verloren hatten, das Einlösen von mannhaften Mutproben oder geschlechts-spezifischen Peinlichkeiten verlangten. Mädchen verlangten von Jungs Sachen zu machen, die ihnen Aussicht auf Schadenfreude versprachen. Küssen müssen oder küssen lassen stand bei den Pfandeinlösungen ganz hoch im Kurs. Das Kusseinlösen machte häufig die Runde unter den Mitspielern und –spielerinnen.
Als fast alle mal an der Reihe waren, kam das Lehrmädchen aus der Herbergsküche ins Gespräch. Von der Fünfzehnjährigen schwärmten alle Jungs.
Die angehende Köchin war bildhübsch und hatte schon was in der Bluse. Wir Jungs waren jünger und ihr gegenüber voll staunender Schüchternheit
Eines Tages fasste einer den Mut zu verlangen, dass derjenige, der verlor, die Frau unserer aller Träume küssen solle. Und es traf mich! Ich sollte dieses Pfand einlösen. Oh Gott! Ich hatte bislang doch überhaupt keine hautnahe Erfahrung im Umgang mit Mädchen. Auch nicht mit Isolde und war dementsprechend „verklemmt". Aber ich hatte einen Auftrag, und was man aufgetragen bekommt, das muss man auch ausführen!
Dass ich von allen Schwärmern derjenige sein sollte, der die Lippen der Holden küssend berühren dürfte, wertete ich schließlich als Privileg.
Ein Privileg, um das mich alle Jungs beneiden sollten – wenn ich mich dazu trauen sollte. So beschloss ich, diese, von meinen Mitspielern beneidete Heldentat zu begehen.

Als die Schöne mal aus der Küche kam, passte ich sie ab. Ich trug ihr das Ansinnen, das mir soviel Freude bereiten sollte, als mein Dilemma vor. Ich entschuldigte mich höflich für die beabsichtigte Zudringlichkeit, bat sie aber zu einem Kuss gnädigerweise „ja" zu sagen.

Sie könne es doch nicht wollen, dass ich bei ihrer Ablehnung während der restlichen Tage meiner Ferien als Feigling verspottet werde.
Die allseits Begehrenswerte sagte erstaunlich schnell: „Ja, du darfst mich küssen, aber wir müssen alleine sein. Keiner darf zusehen." Das kam mir sehr entgegen. Ich machte mit ihr aus, dass wir uns nach dem Abendessen, wenn sie Feierabend hätte, am Ausgang der Küche im Speisesaal zwecks Kussvollzugs treffen wollten.
Jetzt hatte ich aber ein Problem! Wie konnte ich meinen Freunden beweisen, dass ich das Pfand eingelöst hatte?
Also sagte ich ihnen, sie dürften durch einen Spalt an der Haupteingangstüre des Saales das Ereignis beobachten, müssten aber totenstill sein.

Schließlich kam es zu der Verabredung an der Küchenpforte. Ich legte die Arme um die Schöne, drückte mich an ihren Busen und küsste sie. Wir hatten die für einen ordentlichen Vollzug notwendige Zeit noch nicht ausgeschöpft, da ertönte ein gellendes Geschrei aus Richtung des Saaleingangs. Diese Schufte! Bei ihrem Bravo-Geschrei flüchtete die Traumfrau augenblicklich zurück in die Küche. Sie würdigte mich in den folgenden Tagen keines Blickes mehr. Einerseits betrübte mich das, aber bei den Jungs war ich jetzt der Held.

Und bei den Mädchen ? Da hatte ich das Gefühl, als würden sie darauf warten, dass jemand, der es geschafft hatte, die Schönste in dem Laden zu küssen, seine Gunst auch mal ihnen gewähren würde. Jedenfalls bildete ich mir das ein.
Zum ersten Mal war ich mit vollem sexuellem Bewusstsein einer weiblichen Brust so nahe gekommen. Bis zu der Sache mit der Köchin musste ich ja meine Neugierde, wie sich so etwas anfühlen könnte, völlig meiner Phantasie überlassen.

Das galt schließlich auch immer noch hinsichtlich der äußeren Form in Sachen „Busen".

Die Detailschärfe meiner Vorstellungen hing einzig und allein von der plastischen Vollkommenheit weiblicher Skulpturen in Parks und von der Qualität der Fotos ab, die bei den Jungs die Runde machten. Heiß begehrt war dabei die illustrierte Zeitschrift „PARIS MATCH". An den Busenabbildungen in dem Magazin war nichts auszusetzen. Das Blatt war allerdings dennoch höchst unzulänglich.

Weil die andern weiblichen Körpergegenden, die mich ebenfalls interessierten, auf den Fotos des Magazins immer bis zur Unkenntlichkeit retuschiert waren.

Durch die intensive Studie der PARIS MATCH-Fotos und durch die Nachrichten aus Japan, in denen von Gummibusen-Fetischisten berichtet wurde, steigerte sich meine Busen-Fühl-Sehnsucht ins Kuriose. In Träumen wünschte ich mir in einem Zimmer zu liegen, in dem ich auf Busen gebettet wäre und dessen Wände und Decke mit Busen vollkommen behangen wären. So sollte auch der Sarg ausgestattet sein, in dem ich mal beerdigt werden sollte.

Mit vierzehn war ich das letzte Mal mit meinen Eltern zusammen im Schwarzwald in Urlaub gewesen. Danach blieb ich lieber alleine zu Hause, wenn sie wegfuhren.

Wie man sich eine Suppe warm macht, Brote schmiert und alleine morgens aufsteht, hatte ich ja als Schlüsselkind und später als Lehrling gelernt.

Mit 17 wollte ich aber beim Kochen nicht alleine in unserer Küche sein. Daher fragte ich meine Cousine Heidi, ob sie mir zeigen könne, wie man Suppe kocht.

Heidi war meine Lieblingscousine. Sie war ein hübsches Ding, nach der sich viele im Ort umdrehten. Ich bedauerte es, dass sie für mich tabu war.

Dennoch füllte sich bei ihren Suppenkochen-Besuchen unsere Küche mit einer prickelnden, erotischen Atmosphäre. Erotische Auswirkungen blieben jedoch aus. Rein platonisch unterhielten wir uns über geschlechtliche Bedürfnisse und körperliche Eigenheiten von Mann und Frau. Eigentlich war das Ganze nichts anderes als ein Flirtkurs, bei dem man sich keinen Korb holte, wenn man die Dinge unverblümt beim Namen nannte.

Da für mich das Handanlegen bei ihr ausschied, nahm ich den Bleistift in die Hand und zeichnete sie.

Mit halb geöffneter Bluse, hochgesteckten Haaren, freiem Nacken und im Halbprofil über die Schulter sehend saß mir Modell,

Es war schon eine Last mit den Weibern! Ich verstand ihre „Faxen" nicht, fühlte mich aber zu ihnen hingezogen. Greifbar nahe waren mir damals jedoch nur meine Cousinen Inge und Heidi, die Töchter meines Patenonkels Karl. Der Schreinermeister wollte sonntags meistens mit Frau und Töchtern einen Ausflug mit seinem Auto an den Rhein oder an die Mosel machen. Sein Zielpunkt war immer eine Metzgerei mit Wirtschaft.

Karl behandelte mich ja immer so, als wäre ich sein Sohn. Möglicherweise hegte er die Hoffnung, ich würde doch eines Tages die „Holzwurm-Tradition" meiner Vorväter übernehmen und seine Schreinerei fortführen. Auf seine Töchter konnte er in der Hinsicht nicht bauen.

Karl lud mich meistens ein, bei den Sonntags-Ausflügen mitzufahren. Ich lehnte ein solches Angebot natürlich nie ab. Einerseits gab es dabei immer ein ordentliches Schnitzel mit Pommes frites und andererseits hatte ich die seltene Gelegenheit mich im Umgang mit Mädchen vertrauter zu machen – wenn es auch meine Cousinen waren. Bei den Ausflügen saßen Karls Töchter und der Neffe Günter auf der Rückbank des Wagens. Das war immer höchst spannend. Ich saß dort Idealerweise in der Mitte zwischen den jungen Damen.

Ein neugieriger, aber die Hände zügeln müssender männlicher Teenager, in unmittelbarem Kontakt zu zwei weiblichen Körpern.

Dabei war die Versuchung, das Umfeld zu ertasten, groß und wäre auch wahrscheinlich im Vorderteil des Wagens, bei Karl und Tante Maria, unbemerkt geblieben. Denn die jungen Damen auf der Rückbank hatten Petticoats an, die jeden Zugriff verhüllten.

Der gesamte hintere Sitzbereich des engen Wagens war bis in meine Brusthöhe mit Tüll und Wäsche ausgefüllt. Meine Hände konnten darunter, im Verborgenen, ungesehen agieren.

Das Mädchengeschnatter ging während der gesamten Fahrt pausenlos von rechts nach links und von links nach rechts vor meiner Nase vorbei. Ein von mir verursachter Aufschrei einer der beiden blieb, eingebettet in die lebhaften Unterhaltungen meiner Cousinen, von den beiden Personen auf den Vordersitzen unbeachtet. Gut so, Maria hätte bestimmt gesagt: „Du fährst mir nicht mehr mit!"

Die Befummelte beschwerte sich nicht. Keine der Petticoat-Trägerinnen hätte Marias Veto begrüßt. Ich glaube jede wollte auf weiteren Sonntagsausflügen einmal quieken.

23 *Übermut*

Ich fühlte mich mit 17 zwar wie ein Mann, war mir jedoch meiner Manneskraft noch nicht so ganz sicher. Das belegt das Abenteuer, das ich mit meinem Cousin Peter im Neunkircher Wald durchgestanden habe. Wir beide machten eine Wald-Tour. Wie berichtet, waren Pitt und ich nicht nur brüderlich verbunden, sondern wir befanden uns ja auch in einem permanenten Konkurrenzkampf.

Etwa 200 Meter vor dem Emsenbrunnen stand ein Verkehrsschild. Wir kamen auf die Idee herauszufinden, wer von uns beiden, als erster, aus größtem Abstand heraus mit einem Steinwurf das Schild treffen würde.
Zur selben Zeit schob ein Radfahrer sein Fahrrad an uns vorbei den Berg hoch. Er kam vom Emsenbrunnen, wo jetzt die gesellschaftlich weniger akzeptierten Landsleute in den alten Russenbaracken wohnten.
Da wir den Mann kannten, warteten wir mit unserem Wettbewerb, bis er sein Rad zirka 50 Meter weitergedrückt hatte. Das hatte einen guten Grund, denn der Kerl war uns als geistig beschränkter Grobian aus dem Barackendorf bekannt.
Er war also ein Stück weg und wir begannen unsere Zielwürfe auf das Schild. Wir trafen und es schepperte laut im Wald. Urplötzlich drehte der Mann sein Fahrrad um, sprang in den Sattel und sauste den Berg hinunter auf uns zu. Pitt und ich sausten so schnell wir konnten von der Straße runter zwischen die Bäume.
Der Radfahrer war sehr schnell und scheute sich nicht uns auf dem Rad in den Wald zu folgen. Als er uns eingeholt hatte, sprang er vom Rad und schrie uns an. Was er sagte hatte wohl etwas mit der Zerstörung öffentlichen Eigentums zu tun, doch es war nicht recht zu verstehen. Daher verhielten wir uns kühn und unschuldig. Taten so, als wüssten wir nicht um was es geht. Das erzürnte den Radfahrer sehr.
So sehr, dass er dem Pitt einen kräftigen Tritt ins Hinterteil gab. Und das gerade, als Pitt Gefahr ahnend sich zur Flucht wenden wollte. Das wiederum konnte ich nicht ungestraft lassen. Schließlich habe ich meinen Cousin immer verteidigt. Also trat ich meinerseits unserem Gegenspieler ganz mannhaft ans Gesäß.
Das hatte der Emsenbrunner wohl nicht erwartet. Wir aber nutzten den Moment seines Erstaunens aus und stürmten im Wald über Stock, Heck und Stein den Abhang hinunter.

Er schleuderte uns ein dickes Aststück nach, das hinter uns zu Boden ging. Dann setzte er sich auf sein Fahrrad und verfolgte uns in halsbrecherischer Fahrt den Berghang hinunter.

Unten im „Binsental" befand sich zwischen dem Waldrand und dem dortigen Weiher ein breiter Geländestreifen, der mit Hecken und Schilf bestanden war. In der Mitte des Streifens verlief parallel zu dem Weiher ein Weg.

Peter und ich waren leichtfüßig durch das Gestrüpp gespurtet und auf dem Weg angekommen. Wir dachten schon, wir hätten den Radrenner abgehängt, doch der Kerl kämpfte sich, samt Rad, schimpfend durch die Hecken. Er war uns also noch auf den Fersen. Allerdings gewannen wir Dank der Hecken einen kleinen Vorsprung.

Wir flüchteten in höchster Eile über den Weg, um uns irgendwo zu verstecken, bevor er den Weg erreichte. Da gab es aber rechts und links des Weges nur Dornengebüsch, in das man nicht gerade mal hinein huschen konnte.

Als unser Verfolger etwa 100 Meter hinter uns auf dem Weg ankam und sich noch einmal auf sein Rad schwang, erhöhten wir unsere Fluchtgeschwindigkeit.

Gott sei Dank machte der Weg eine Biegung, so dass wir aus seinem Gesichtsfeld verschwanden.

Da wir uns wegen der fehlenden Zeit und der Dornen wegen nicht in die Büsche schlagen konnten, gab es nur noch eine Lösung: Einen gekonnten Hechtsprung in den feuchten, krautbestandenen Graben links neben dem Weg!

Auf Kommando und synchron landeten Pitt und ich im Matsch. Und das war höchste Zeit, denn kaum dass sich die Schlamm-Spritzer gelegt hatten und der Platscher verstummt war, sauste der Emsenbrunner an uns vorbei. Er hatte uns nicht gesehen! Wir hoben die Köpfe, und als wir sahen, dass er auf dem Weg ein gutes Stück weiter geradelt war, kletterten wir aus dem Graben heraus.

Auf dem Weg stehend versagten uns beiden die Triumpfschreie. Wir beobachteten, dass der Kerl bemerkt hatte, dass wir nicht soweit gelaufen sein konnten, wie er dachte. Er wendete sein Fahrrad und kam noch mal zurückgefahren. Wir wendeten auch und spurteten auf der Wegbiegung zurück in die Richtung, aus der wir gekommen waren.
Wir hatten schlechte Chancen auf dem Weg nicht eingeholt zu werden. Das hieß schnell wieder verschwinden.
Wir rannten und fanden eine Stelle an der das Gesträuch zum Weiherufer hin nicht so widerspenstig war. Peter und ich riefen uns nur ein Wort zu und das hieß: „Weiher." Unser Fluchtgedanke war, uns im Weiher zu verstecken! Wir hetzten durch das Ufergebüsch bis in den Schilfgürtel am Wasser.

im Binsental

Am Ufer angekommen scheuten wir allerdings davor zurück uns im Wasser zu verstecken, denn es war erst Anfang März und die Wassertemperatur lud nicht dazu ein. Schnell legten wir uns am Wasserrand in das Schilf und gaben keinen Laut mehr von uns.

Sekunden danach hörten wir den Radler fluchend oberhalb des Schilfgürtels vorbeirauschen.
„Waade nuà ihr Gribbele, wenn isch eisch griehn, dann schlaan isch eisch de Werrsching enn" (Wartet nur ihr Krüppel, wenn ich eurer habhaft werde, schlage ich euch den Schädel ein), hörten wir ihn noch rufen, als er schon hunderte Meter weg war.
Mein Vetter und ich trauten uns nicht aus dem Ufermatsch heraus. Mindestens eine halbe Stunde lang lagen wir im Schilf versteckt und warteten ab, ob der Schilderhüter noch irgendwo wahrnehmbar war.
Als wir weder Rufen noch Fahrradgeräusche hörten, schlichen wir uns vorsichtig auf den Weg zurück. Wir vergewisserten uns nach allen Richtungen, ob die Gefahr gebannt war. Danach erst konnten wir aufatmen. Wir waren zwar vor einem echten Kampf unter Männern geflüchtet, doch kamen wir uns wie die eigentlichen Sieger vor.
Waren wir nicht gehechtet wie die Cowboys im Kampf mit den Indianern? Hatten wir uns nicht listig im Schilf versteckt, wie es nur Rothäute können?

24 Es wird ernst

Nach einem Jahr in der Schlosserei, arbeitete ich bei der Firma Seibert am Zeichenbrett. Seibert war damals eine der größten Stahlbaufirmen Europas. Sie baute Stahlbrücken, Schiffs-Verladeanlagen, Schleusen, Hochofen-Anlagen und vieles mehr.
Da das Saarland damals wirtschaftlich an Frankreich angeschlossen war, eröffneten sich der Firma die Möglichkeiten, in den Französischen Kolonien, d.h. weltweit, ihre Stahlkonstruktionen zu errichten.

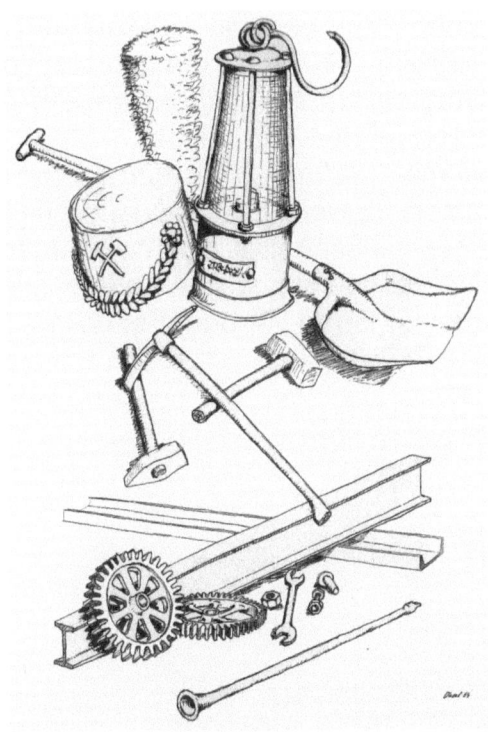
Mein Umfeld

Nach meinem einjährigen Praktikum in der Schlosserei setzte ich also meine Lehrjahre in einem der Zeichensäle der Firma Stahlbau Seibert in Saarbrücken fort.
Ich stand in der Hochofenabteilung am Brett. Zeichnen war mir ja von Haus aus in die Wiege gelegt worden. Mit dem Lineal und einem Kurvenholz saubere Striche zu ziehen lernte ich schnell. Bald schon bereitete es mir keine Schwierigkeiten mehr, die kompliziertesten Rohrverschneidungen oder Stahl-Skelett-Konstruktionen zu zeichnen. Mit der Kurbelrechenmaschine lernte ich Quadrat- und Kubikwurzeln zu ziehen. Winkelfunktion-Berechnungen gehörten bald zu meinem Alltag.
Einer der älteren Konstrukteure, mit dem Spitznamen „Kutsch" brachte mir bei, wie man Kompensatoren für groß dimensionierte Rohrleitungen aus gewelltem Stahlblech konstruiert.

Damit war ich einer der wenigen Spezialisten unter hunderten von Zeichnern der Firma, die das konnten. Mit dieser Sonderstellung wurde ich „unabkömmlich" für die Firma und abkömmlich für den Wehrdienst.
Schon 1958 wurde mein Jahrgang für den Dienst in der Bundeswehr gemustert, obwohl das Saarland noch nicht voll an die BRD angeschlossen war. Später, als man mich nach dem Anschluss einziehen wollte, rettete mich die Sonderstellung in meiner Firma vor dem Einrücken.

Hochofen in Joeuf 1961
Die Firma baute damals viel im lothringischen Stahlrevier. Unter anderem den zu der Zeit größten Hochofen Europas.

Und an der Anfertigung der Zeichnungen zum Bau dieses Giganten war auch ich beteiligt. Deshalb durfte ich auch mit zur Ein-weihung des Ofens nach Joeuf an der lothringischen Mosel mitfahren.

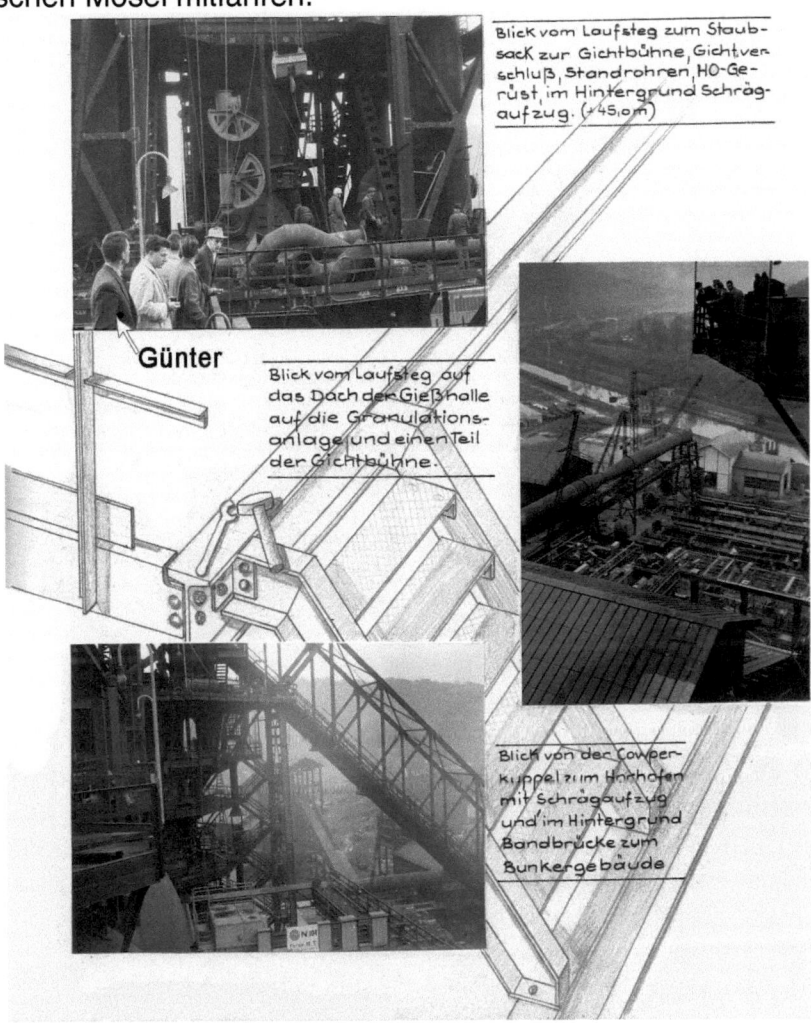

Erinnerungen an den Baustellenbesuch in Joeuf

Nach der Besichtigung des Stahlkolosses wurde ich mit allen meinen Kollegen zum Essen eingeladen.

Zum ersten Mal in meinem Leben durfte ich in einem feinen, französischen Restaurant speisen! Das war schon etwas anderes, als „essen gehen" in eine Metzgerei mit Wirtschaft. Das Menü bestand aus mehreren Gängen: Amuse gueule, Entrées, Dinner et Desserts.
Als Vorspeise gab es Schnecken und Froschschenkel. Danach stellte der Ober ein schön geformtes Schälchen mit einer klaren Flüssigkeit auf den Tisch. An dem Schüsselchen war eine eingeschnittene Zitronenscheibe am Rand aufgesteckt. Ich dachte, zwischen den Gängen würde man noch eine kleine Süßspeise reichen, und griff mir den bereit liegenden Dessertlöffel. Diesen durchsichtigen, wasserklaren Pudding wollte ich mal probieren.

Gut, dass mein benachbarter Kollege im gleichen Moment die Finger in die vermeintliche Süßspeise tauchte und begann, sich diese mit der Zitronenscheibe vom Fett der Froschschenkel zu reinigen! Woher sollte ich wissen wie man 'Haute Cuisine' essen geht? Und dass ich davon keine Ahnung hatte, das stellte sich auch beim Dessert heraus.
Der Ober kam mit einem großen Tablett, auf dem allerlei köstlich aussehende Käsesorten aufgetürmt waren. Er ging mit den zehn Käsen um den Tisch herum um jedem etwas von der Auswahl anzubieten. Vornehmerweise wählten die zwei Kollegen, die vor mir in der Runde saßen, nur drei Stücke aus. Der Ober teilte drei schmale Ecken von den Käselaiben ab und legte sie ihnen auf den Dessertteller. So wollte er auch bei mir verfahren. Doch da hatte er sich aber in den Finger geschnitten!
Als er nach dem dritten Stück gehen wollte, sagte ich: „Excusez moi Monsieur, nous n'avons pas encore fini." (Entschuldigung mein Herr, wir sind noch nicht fertig.). Ich wollte von den anderen sieben Käsesorten auch noch je ein Stück haben.

Der vornehme Herr Ober schaute mich etwas pikiert an. Die Kollegen grinsten und einer sagte: „ *Ei, ma mennd, du wärschd noch im Wachse. Bisch'de immà noch nid sadd?"* (Na, man meint, du wärst noch am Wachsen. Bist du immer noch nicht satt?).
Da das lothringische Moselfränkisch dem rheinfränkischen Dialekt nahe verwandt ist, verstand der Mann mit dem Käsetablett die eingeworfene Bemerkung meines Kollegen. Der Ober rümpfte mit ernsthafter Miene die Nase und sagte: „Der lòh iss awwà schunn long genuu. Weil'à awwà so vàfress iss gridd´à nòh watt." (Der hier ist aber schon groß genug. Weil er aber so verfressen ist, bekommt er noch was.). Und er legte mir schließlich großzügig noch drei Stücke auf den Teller.

Bei Seibert hätte ich gerne die Firmen-Baustellen auf Tahiti besucht. Aber so weit war meine Berufskarriere noch lange nicht. Erstmal fuhr ich voll Stolz morgens mit der Eisenbahn zur Arbeit an mein Zeichenbrett. Dort hatte ich jetzt einen weißen Kittel an. Der pieksende, violette Opa-Mantel und die schweinsledernen Schuhe waren passé! Ich hatte ordentliche Kleider an und im Zugabteil unterhielt ich mich mit den Gymnasiastinnen über ihre Mathearbeiten.
Hatte ich es geschafft?
Jedenfalls war ich sehr froh darüber, dass ich nicht, wie viele meiner Schulfreunde, in der Grube arbeiten musste. Ganz besonders bewusst wurde mir dieses Glück, als ich eines Tages an meinem Zeichenbrett stand und es draußen einen lauten Knall gab. Er rührte von einer Schlagwetterexplosion her, bei der, in ein paar Kilometer Entfernung, in Burbach, der Schachtdeckel des Alsbach-Wetterschachtes der Grube Luisenthal hochflog. Nur wenige Minuten danach war die ganze Stadt erfüllt vom Geheul der Sirenen dutzender Rettungsfahrzeuge und vom Hubschrauberlärm.

Sie rasten zum Unglücksschacht nach Luisenthal. Eine Katastrophe hatte sich ereignet, bei der 399 Bergleute zu Tode kamen.
Da konnte ich mit meinem Beruf gottlob zufrieden sein.
Und war es doch nicht. Nein. Ich hatte jeden Tag ein Brett vorm Kopf! Wenn es auch ein Zeichenbrett war.
Ich wollte, bei aller Anerkennung, die man dem Beruf des technischen Zeichners entgegen brachte, nicht mein Leben lang vor einem Brett stehen und Dinge aufs Papier bringen die andere sich ausgedacht hatten.

Ich wollte Ingenieur werden. Um studieren zu können muss man aber die Hochschulreife besitzen. Und das hatte ich nachzuholen.
Die erste Hürde dazu war: Wie sage ich es meinem Vater? Ich wollte mir über den zweiten Bildungsweg Zugang zum Studium verschaffen. Und das konnte ich, aufbauend auf meinen Berufsabschluss als Zeichner und den erfolgreichen Besuch einer dreijährigen Abendschule, erreichen.
Klara meinte; „Gut, dann mach das." Oswald war aber dagegen. Immer noch wurde sein Denken von der Angst blockiert, irgendjemand könne ihm die Freiheit seiner Lebensgestaltung beschneiden. Ich hatte den Eindruck, dass er mich in solchen Momenten weniger als Sohn sah, sondern quasi als Konkurrent, der es auf seine Kosten später mal zu mehr bringen könnte, als zu dem, was er war. Eben zu dem, was ihm versagt geblieben war.
Wenn Klara und ich bei meinem Vater nicht durch kamen, dann musste Karl helfen. Und mein 3. Patenonkel Karl schaffte es, ihn umzustimmen. Also ging ich drei Jahre lang, drei mal in der Woche nach Feierabend abends in die Schule. Das hieß aber auch dreimal abends um halb elf Uhr nach Hause zu kommen und an den anderen Abenden sowie nach der Samstagsschicht nachmittags zu büffeln.

Es blieb mir kaum die Zeit für Mädchen und Partys! Die 17.800 saarländischen Franken, die ich im dritten Lehrjahr monatlich bei Seibert verdiente, musste ich komplett abgeben. Dafür bekam ich 100 Franken Sonntagsgeld. Mit siebzehneinhalb war ich also Technischer Zeichner im Stahlbau. Ich las regelmäßig die Magazine „Hobby" und „Populäre Mechanik". Das führte dazu, dass ich fest daran glaubte, dass 1990 alle Autos mit einem kleinen Nuklear-Kraftwerk angetrieben werden würden, dass wir für Kontinentalreisen Raumgleiter wie Busse benutzen könnten und dass es im Jahre 2000 Mega-Citys auf dem Mars gäbe.

So kam es, dass ich Raketenkonstrukteur werden wollte. Also fing ich schon mal damit an. Fürs Erste sollte es eine Feststoff-Rakete sein. Ich zeichnete den Bauplan einer etwa 30 cm hohen Rakete, die ich aus Blech basteln wollte. Meine Idee und die Zeichnung gefielen meinem Vater. Er brachte mir das Blech vom Eisenwerk mit.

Bevor ich aber ans Biegen und Löten ging, wollte ich noch ein paar Modell-Feststoff-Raketen testen. Dazu nahm ich leere Tuschepatronen. Die zirka 10 cm langen Plastikröhrchen mit kleiner Blech-Kopfkappe und vier abgespreizten Füßchen sahen schon aus wie Miniraketen. Am Hülsenboden waren sie mit einem Gummipfropf verschlossen. Ich kratzte den Schwefel von Streichhölzern ab und füllte ihn in ein geöffnetes Röhrchen. Dann versah ich den Schwefel mit einer Lunte und verschloss die Hülse noch mal mit dem Gummipfropf am Fuß der Raketen-Patrone. An die vorhandenen Füßchen klebte ich noch vier Leitflossen aus Pappe und die Testrakete war fertig.
Für solche Basteleien und die geplanten Raketenstarts war der Sonntagmorgen gut geeignet. Dann, wenn Klara in der Kirche und Oswald mit Karl zum Frühschoppen in die Blockhütte auf dem Hoferkopf gegangen war.

An einem solchen Tag stellte ich meine Testrakete auf dem Küchentisch auf.
Ich öffnete die Küchentür zum Hausflur hin und sicherheitshalber auch die Haustür zum Hof. In dieser Richtung sollte die Flugbahn liegen. Ich zündete die Rakete und sie machte tatsächlich einen Satz von etwa zwei Metern Länge in den Hausflur. Hurra, das war ein gelungener Test!
Es ist mir dabei aber auch ein bedauerlicher Kollateral-Schaden gelungen. Das Rückstoßfeuer der Rakete hatte einen großen braunen Fleck in das Wachstuch auf dem Küchentisch gebrannt!

Als Klara kam und das sah, eröffnete sie einen Sternenkrieg. Und der verlief so: Es baute sich eine sehr geladene Atmosphäre auf, in der mein Klärchen mich in einer Umlaufbahn um den Küchentisch trieb. Als ich genügend Geschwindigkeit erreicht hatte, verließ ich das Innere der Gefahrenzone durch die Gravitationslücke Küchentüre. Ich sauste durch das offene Fluchtfenster Hausflur, um den Einzugsbereich mütterlicher Schwerkraft über die Orbit-Pforte Haustüre zu verlassen.
Über die vier Stufen der Eingangstreppe stieß ich mich mit kräftigem Schub ab in den freien Raum unseres Gartenhofes. Gerade als ich mich im Flug über der zweitletzten Treppenstufe befand, traf mich ein Geschoß an meinem Steuerzentrum! Mit einem Einschlagstrichter in der Außenhaut machte ich eine Bruchlandung auf festem Boden,
Klara hatte sich das Fläschchen mit dem Ofenputzmittel „Zebrasif" gegriffen, das neben der Herdplatte stand, und es ohne Kollision mit anderen Festkörpern durch alle Zwischenräume geschleudert. Just, als das Fläschchen den freien Raum erreichte, traf es mich zielgenau am Hinterkopf.

Ich baute keine Raketen mehr. Auch die Blechrakete nicht. Raketenbau ist einfach eine viel zu gefährliche Sache!
Meine Mutter Klara hatte schon ihre liebe Not mit ihrem großen, halbstarken Sohn. Besonders ärgerlich war sie, wenn ich es vollkommen ablehnte, mich in meinem alter immer noch um meinen kleinen Bruder zu kümmern. Ich machte auch sonst keineswegs mehr das, was sie von mir verlangte. Ich wollte keine Schuhe mehr putzen, samstags keine Straße mehr fegen und im Garten vor dem Haus – an dem doch die jungen Damen vorbeiliefen – kein Unkraut jäten.
Oft entwickelten sich zwischen Klara und mir heftige Wortgefechte. Wenn ihre Worte dann nichts bewirkten, sich ihre Erregung steigerte und ich dann respektlos zu lachen begann, wusste sie sich nur noch zu helfen in dem sie mir eine Ohrfeige verpasste – verpassen wollte!
Bei derartigen Konflikten kam es dann auch schon mal vor, dass ich den feuchten Putzlappen um die Ohren bekam.
Ganz zur Weißglut brachte ich die einmeterfünfundsechzig große Frau, wenn ich ihr die Hände festhielt, wenn sie zum Schlag ausholen wollte.
Wenn ich sie dann wieder losließ und auf die andere Seite des Küchentisches flüchtete, schleuderte sie mir ein: *„Waad nuà mei Freind, wenn isch disch griehn, dann schbritzt awwà die rot Brieh!"*, entgegen.
Das war ein geflügelter Satz von ihr, den sie in Zeiten höchsten Ärgernisses benutzte. Das heißt zwar: „Warte nur mein Freund, wenn ich deiner habhaft werde, dann spritzt aber (dein) rotes Blut." Allerdings, in Wahrheit hätte meine Mutter lieber ihr eigenes Blut für mich gegeben, als dass sie mich blutig geschlagen hätte. Klara litt sogar mit mir, als ich mit meinem Vater keinen Konsens in Sachen Berufsweg fand.

Oswald war immer noch hart und verbittert. Kurz vor dem Krieg wollte er Maschinenbauingenieur werden, doch dann machten die Nazis ihm einen Strich durch die Rechnung.
Oswald wurde zum Arbeitsdienst und schließlich zur Wehrmacht eingezogen. Dann verbrachte er ja noch eine fünfjährige Gefangenschaft, in der ihn die Hoffnung, seinen Berufswunsch je verwirklichen zu können, ganz verließ.
Trotz der Freude wieder zu Hause zu sein, war er 10 Jahre später noch immer deprimiert und mutlos. Jetzt war er fast Fünfzig und „nur" Vorarbeiter bei den Hüttenschlossern.
Andere, zwanzig Jahre jüngere Ingenieure, sagten ihm, was zu tun war. Sie hatten das Glück, zu jung für Wehrmacht und Gefangenschaft gewesen zu sein. Sie konnten nach dem Krieg studieren.
Jetzt stand Oswald im „Blaumann" da, schweißte und hämmerte an rostigen und staubigen Eisenteilen herum, während die „Schnösel" in den weißen Kitteln in sauberem Abstand dastanden und ihm sagten, wie er es richtig machen sollte. Das war die Gedankenlast, die er jeden Tag auf der Fahrradfahrt zur Arbeit hintransportierte und die er auch wieder mit nach Hause brachte. Diese Gedanken versagten es ihm meinen Berufswunsch Ingenieur ganz unbefangen oder gar freudig zu unterstützen.

Als ich nach drei Jahren Aufbaugymnasium die Hochschulreife erworben hatte, kam das Thema Ingenieurstudium auf unseren Küchentisch. Und zwar sonntagmorgens, als Karl den Oswald zum Frühschoppen abholen wollte. Klara ging nicht zum Hochamt, weil ich sie gebeten hatte, dabei zu bleiben. Es wiederholte sich die Situation in der meine Zukunft auf dem Spiel stand.

Klara, Oswald, Karl und ich saßen am Tisch und diskutierten darüber, ob ich Ingenieur werden dürfte oder nicht.
Mit der Abneigung, die mein Vater gegen die „Weißkittel" hatte und der Begründung, für mein Studium hätten wir kein Geld, lehnte er meinen Berufswunsch ab.
Klara bat ihn inständig, mir doch nicht zu versagen was ihm versagt geblieben war. Sie sagte, wenn das Geld fehle, würde sie auch noch einmal arbeiten gehen.
Oswald war keine Zustimmung zu entlocken. Schließlich fing meine Mutter an zu weinen.
Da platzte ihrem Bruder, meinem Paten Karl, der Kragen. Er redete meinem Vater so deutlich ins Gewissen, dass Oswald schließlich Ja sagte. Es war ein „Ja" mit Bedingungen. Er verlangte, dass ich neben dem Studieren auch arbeiten müsse und alles Geld, das ich bis zum Abschluss meines Studiums verdienen sollte, zu Hause abzuliefern hätte.
Dabei gab ich die 400 DM, die ich nach der Angliederung an die BRD als Technischer Zeichner verdiente, ohnehin schon komplett ab und bekam 10 DM als „Sonntagsgeld" zurück.
Mein Vater war keineswegs jemand, der knickrig war. Er wollte eigentlich nur seinen bescheidenen Lebensstandard nicht gefährdet sehen. Dazu gehörte z.B., dass er weiterhin seinem Hobby, der Fotografie, frönen und Urlaub in den Bergen machen konnte. Jetzt, nach dem Anschluss des Saarlandes an die BRD, gab es ja viele Reisebüros, die Ferien im Schwarzwald oder in den Alpen anboten. Und dorthin musste Oswald gelegentlich ausbrechen, um das Trauma Sibirien und den Eisenwerksfrust zu vergessen. Heute habe ich Verständnis dafür, damals hatte ich das nicht.
Meinem Onkel Karl dankte ich seine Fürsprache mit tatkräftiger Hilfe.

Damals hatte er von Lothringen bis in die Eifel das Monopol auf den Bau von Kegelbahnen. Ich fuhr mit ihm auf die Baustellen. Dort half ich ihm beim Zusammenfügen der quadratischen Buchenholz-Knüppel. Kegelbahnen wurden mit Nut und Feder sowie mit langen Schrauben-Stangen zu breiten Holzlagen verspannt.

Natürlich gehörten die Kegelbahnen zu Gasthäusern. Und nach der Arbeit sorgte Karl dafür, dass es auch eine gute Mahlzeit mit Bier gab. Die schönste Baustelle, die wir beide allerdings hatten, war der Bau von Karls eigenem Wochenendhaus im Hunsrück. Er, der Schreiner, konnte auch mauern, und er zeigte mir wie das geht. Wir beide fuhren an vielen Samstagen dorthin und schufen ein schmuckes Häuschen. Und wenn es am Nachmittag dem Feierabend entgegenging, dann sagte Karl: *„Gindà kannschd schunn mòhl`s Feijà aahn mache".* (Günter kannst schon einmal das Feuer entfachen.)

Günter (18), ein „Halbstarker"

Das machte ich dann mit dem Restholz vom Bau. Pflichtgemäß sorgte ich dafür, dass zwei Bomben (Literflaschen) Ottweiler oder St. Wendeler Bier bereitstanden und dann wurde gekurbelt. Es gab Spießbraten. Von dem Braten blieb aber nicht mal der kleinste Rest übrig. Und die Grillvorrichtung war von Oswald. Er schweißte sie auf dem Eisenwerk zusammen und versorgte nicht nur Karl mit dieser „Outdoor-Ausrüstung", sondern die ganze Verwandtschaft.

25 Flirtzeiten

Nach der Wahl 1955 gehörte das Saarland ja wirtschaftlich noch 3 Jahre zu Frankreich. Am Tag „X", dem 6. Juli 1959, fielen die Grenzschranken zwischen dem Saarland und der Bundesrepublik endgültig. Wir wurden also wieder vollständig dem „Reich" angegliedert. Als die Grenze aufging fragten sich viele Saarländer, ob die bundesdeutschen Brüder Mitleid mit ihnen hätten oder ob sie nur einen neuen Markt erobern wollten. Wollten die BRD-Brüder uns „Unterernährten" etwa helfen, der Heimkehr aus der französischen „Mangelwirtschaft" üppig zu feiern?

Die Saarländer waren aber schockiert über das was ihnen da aus dem „Reich" als lange entbehrte Genüsse angeboten wurde. Zusammen mit der DMark überschwemmten deutsche Firmen ein Land, in dem es Camembert und Remy-Martin-Cognac gab, mit Karwendel-Schmelzkäse und Asbach-Uralt. Und Cordon Bleu et Pommes de frites stand bei uns doch schon auf der Speisekarte, als man am Rhein noch dachte, das hieße: „Fritz poppt mit blauen Kondomen."

Bei uns tauschte die lothringische Butter ihren Stammplatz mit rheinischer Margarine. Ja, und als unsere bundesdeutschen Landsleute in der Pfalz das mitbekamen, dass es bei uns algerische Datteln und Feigen in jedem „Konsum" (Lebensmittelladen) zu kaufen gab, nannten sie uns etwas neidisch „Speckfranzosen".

Auch das Einkommen unserer Arbeiterschaft trug dazu bei. Denn die saarländischen Löhne waren 1955 höher als die in der Pfalz. Und im Gegensatz zur BRD gab es bei uns damals schon ab dem ersten Kind Familiengeld und nicht erst ab dem dritten.

Wir waren bis zum "Tag X" praktisch eine gut behandelte Kolonie von Frankreich. Wie gesagt: Der Kohle wegen! So ging es uns weitaus besser als den Kanaken von Fiji oder den Datteln liefernden Marokkanern und Algeriern. Bis 1959 durchstreiften die mit einem Kaftan bekleideten Nord-Afrikaner die saarländischen Dörfer. Mehrere Teppichlagen auf dem Rücken schleppend zogen sie von Haus zu Haus. Sie nahmen eine weite Reise auf sich, um bei uns für ein paar Franken ihre Teppiche zu verkaufen.

Die Rückgliederung war verbunden mit der vierten Währungsumstellung im Saarland seit 1945. Trotz der Umtausch-Nachteile, die das mit sich brachte, freute man sich, dass man endlich zuverlässige deutsche Fernseher und Kühlschränke sowie langsamer rostende Autos kaufen konnte.

Jeder Staatswechsel hat halt so seine schlechten und guten Begleiterscheinungen. Z.B. gab es bei Diesels endlich den ersten Fernseher. Ein deutsches SABA-Gerät. Und Oswald brauchte nicht mehr mit dem Fahrrad nach Neunkirchen aufs Eisenwerk zu fahren. Er bekam ein NSU-Quick Moped.

War ich nun mit meiner vierten Identitätskarte richtiger Deutscher? Egal, jedenfalls gab es keine Grenz-Schranken mehr zwischen der Pfalz und dem Saarland. Deutschland stand mir offen.

Doch vor der Phase fremde Lande zu erkunden widmete ich mich zunächst viel näher liegenden Interessens-Gebieten. Vermeintlich flirtsicher wollte ich jetzt endlich die Frauen kennenlernen. Und auf jeden Fall wollte ich dabei von der platonischen Plattform herunter, auf der ich mich mit Heidi befand. Erste Versuche startete ich im näheren dörflichen Umfeld. Leider schloss ich dabei mehrere Versuchs-Reihen ergebnislos ab.

Es war halt was anderes mit fremden Mädchen zu flirten, als mit der Cousine. Also dachte ich: „Wenn einheimische Mädels mir fremdbleiben, dann versuche ich es mal bei ganz fremden Damen!"
Damals, im Urlaub in der Jugendherberge, habe ich die Köchin doch auch rumgekriegt. Also sollte ich im Urlaub mein Glück versuchen. Und zum Glück gab es dazu das Jugendferienwerk. Mit dieser Gesellschaft wollte ich für zwei Wochen in eine Jugendherberge, nach Heiligenhafen an die Ostsee, reisen. Zum ersten Mal ganz alleine mit dem Zug durch die ganze Bundesrepublik. Mit 17 reifte in mir dieser Wunsch. Ich hatte was Ordentliches gelernt und verdiente demnächst 400 DM Kostgeld im Monat.
Als ich den Urlaubswunsch meinen Eltern vortrug, sagte Klara prima und Oswald nein. „In deinem Alter fährt man noch nicht soweit. Und du bekommst dafür auch kein Geld von mir", begründete er seine Ablehnung.
Ich wollte jedoch unbedingt an die Ostsee. Wie aber sollte ich mit dem Ferienwerk dorthinkommen, wenn ich doch für die Reisebuchung noch die Unterschrift und 195 DM von meinem Vater brauchte?
Klara gab mir einen Tipp: „Spare und warte bis du 18 bist." Das tat ich dann auch. Fortan sparte ich die 10 DM Sonntagsgeld, bis ich die Reisekosten zusammenhatte. Darüber war ich 18 Jahre geworden und konnte meine 880 km weite Reise selber buchen.
Ein Dokument dieser Leistung habe ich mir in meinem Fotoalbum sogar aufbewahrt, u.a. die Bahnrückfahrkarte 2. Kl. für 96 DM. Bisher war ich ja nur über den Hunsrück zur Mosel, mal bis zum Rhein oder in den Schwarzwald und an den Rand der Alpen gekommen.
Und jetzt, im September 1959, raus aus dem Bergland, über das flache norddeutsche Land bis an das Meer!

So große ebene Äcker und Wiesen, die bis zum Horizont reichten, sah ich noch nie.
Mit größter Aufmerksamkeit schaute ich durch die Zugfenster, als wir durch die Lüneburger Heide fuhren.
War nicht Alfred Brehm, dessen Tiergeschichten ich begeistert las, von hier? Ich hielt auch nach Heidschnucken, den mit Ried gedeckten Fachwerkhäusern und den Wacholder-Büschen Ausschau, die Hermann Löns in seinen Gedichten beschrieb. Leider sah ich im Vorbeifahren das klassische Heidebild, das ich in meinem Kopf gespeichert hatte, nicht. Ich wunderte mich nur, dass es soviel losen Sand in der Landschaft gab. Der Sand in unserer *Sandkaul* war, bis auf das bisschen, das aberodiert und runter gerutscht war, felsenfest.
Und dann sah ich noch mehr lockeren Sand. Es war die Düne, auf der die Jugendherberge stand, die meine Unterkunft war. Ich stand zum ersten Mal am Meer, fühlte ich mich freischwebend wie eine Möwe, die im Wind über der Brandung steht. Ich schrieb auf meinen Zeichenblock:

Endlich Sonne, Sand und Meer.

Welch ein Erlebnis, spannend, berauschend.

In der Sonne silberblau glänzend,
und sich mit dem Himmel im Unendlichen vereinend.

Das Meer!

Natürlich malte ich auch etwas auf meinen Block. Die auslaufenden Wellen längs des Strandes, in Wasserfarbe, 24x14 cm.
Im Sand des Ostseestrandes entdeckte ich Hilde*. Sie lag in einer Kuhle und nahm Deckung vor dem kalten Wind, der aus Schweden herüberwehte.

An der Ostsee, 1959
Sie war sechzehn, und alles an ihr war voll ausgebildet. Brüste, Beine, Taille, Po, Nacken und Gesicht. Alles modellwürdig. Sie zu zeichnen getraute ich mich aber nicht. Was soll's, man kann sich das alles ja durch intensive nähere Betrachtungen im Gehirn abspeichern und zu Hause aufzeichnen.
Also ab zu Hilde* in die Kuhle!
Da waren aber noch Konkurrenten in der Kuhle, und die baggerten dort keineswegs Sand. Vielleicht waren meine Flirtkurse mit Heidi doch ein Schlüssel zum Erfolg.
Ich schlug die Konkurrenz in die Flucht und hatte Hildes Herz gewonnen.

Ach was war das schön! Alleine mit Hilde* in der Kuhle! Jeden Tag stand Küssen in den Dunen auf dem Programm. Ich wusste, dass man vom Küssen keine Kinder bekommt. Da war ich schon weiter als meine Mutter mit siebenundzwanzig. Ich wusste, wie es zum Kinderkriegen kommt.
Natürlich dachte ich darüber nach, wie ich zu dem kommen konnte, mit dem Freunde von mir schon Jahre zuvor geprahlt hatten. Aber was tun, wenn es in der Jugendherberge keinen Automaten für Verhüterlis gibt? Also versagte ich mir lieber diese Übung. Ich wollte kein Risiko eingehen, das mir einen Strich durch mein Berufsziel gemacht hätte.

* Namen Geändert

Hilde war meine erste große Liebe. Ich wollte mich nie mehr von ihr trennen. Außer Küssen unternahm ich mit Hilde Kutterfahrten auf der Ostsee, Fahrten nach Fehmarn und Fährfahrten zu dänischen Inseln.
Das Herz brach mir, als die Ferientage zu Ende waren. Hilde fuhr zurück nach Niedersachsen und ich ins Saarland.
Auf der langen Fahrt nach Hause packte mich der Liebeskummer doch sehr heftig. Ich nahm noch mal meinen Block und schrieb:

Sehnsucht, kommt leise.
Bei Windstille.
Drängt dann beständig.
Gleich dem Bergwind.
Flutet und rauscht wie Meeressturm.
Brennt und knistert wie Feuersturm.
Wehrt und bäumt sich auf, gleich Schauerböen.
Hält den Atem an wie Höhlenwind.
Entflieht und treibt weg,
Gleich dem Wolkenwind.
Erstickt und verstummt.
Flaute bleibt! Melancholie.

Monate später, als ich genug Fahrgeld zusammen gespart hatte, besuchte ich sie an ihrem Wohnort. Jahre später trafen wir uns auch mal auf halber Strecke in Hessen. Hilde zog an den Rhein und ich begann ein Praktikum auf dem Bau.
Ich mochte Hilde zwar sehr, doch damals vermied ich jeden Weg der zu einer festen Beziehung führte. Ich wollte studieren. Das war der Grund dafür, dass ich Ihren letzten Brief nicht beantwortet Sie war wohl sehr enttäuscht von mir. So verlor ich ihre Spur. Aber wie es bei der ersten großen Liebe so ist, die Spur hat sich tief bei mir eingebrannt. Ich hoffe sehr dass sie auch ohne mich glücklich wurde.

Günter 20 Jahre

26 Holz und Steine

Als Vorbedingung für das Ingenieurstudium war ein Praktikum bei den Schlossern, Maurern und Zimmerleuten abzuleisten. Zu den Schlossern brauchte ich nicht mehr. Bei denen war ich schon ein ganzes Jahr lang gewesen. Gemauert hatte ich ja schon mal an Karls Wochenendhaus, aber richtig Mauern lernte ich drei Monate lang auf einer Lehrbaustelle. Und das mit Erfolg! Ich konnte es danach so gut, dass ich in einem Bauunternehmen, beim Bau einer Schule, „in die Mauer" gestellt wurde. Das heißt: Ich konnte zusammen mit den Maurergesellen „an einer Schnur" mithalten und genau so schnell und exakt wie sie Steine setzen.

Ja, ich durfte sogar die Gebäudeecken hochmauern, was viel Geschick und ein gutes Auge erforderte.
Das verschaffte mir endlich den Respekt des Maurerpoliers. Denn bevor er mich „in die Mauer" stellte, durfte ich nur im Graben schachten.
Und dabei bekam ich die ganze Missbilligung dieses Maurerpoliers gegenüber einem künftigen Weißkittelträger zu spüren. (So etwas gab es also nicht nur auf dem Eisenwerk, sondern auch auf dem Bau.)

Der Polier schickte mich in einen zwei Meter tiefen Graben, in dem ich mit einem Presslufthammer das felsige Gestein lockern musste. Da unten griff der Bagger ständig mit seiner Schaufel nach mir. Kaum dass ich eine Portion Gestein gelockert hatte, musste ich zwei Meter zurückweichen, weil die Baggerschaufel von oben kam und sich das Zeug greifen wollte.
Die Grabenarbeit ohne „Kollege Bagger" war indes nicht angenehmer. In einem drei Meter tiefen Graben arbeiteten wir zu dritt, Janosch aus Polen, Gaetano aus Sizilien und ich.
Janosch bediente den Presslufthammer. Ich musste das lose Gestein mit Schwung rückwärts über den Kopf auf eine zwei Meter über dem Grabenboden aufgebaute Bohlen-Bühne, schaufeln. Gaetano beförderte das Zeug dann von dort aus weiterschaufelnd aus dem Graben heraus. Oft fielen Steine von unseren Schippen und landeten auf meinem Kopf. Wenn ich dann schimpfte, lachte der Pole, und der Sizilianer murmelte etwas auf Italienisch. Eine Verständigung war kaum möglich, weil beide nur gebrochen Deutsch sprachen.
Gaetano konnte schneller schaufeln als ich. Er konnte sowieso nur zum Schaufeln und Hacken eingesetzt werden, und das tat er dann einem Roboter-Maulwurf gleich. Er hatte die Bretter über mir schon längst freigeschaufelt, da hatte ich immer noch zu schippen.

Gelegentlich sagte der Sizilianer etwas von fumare und drehte sich eine Zigarette. Sogleich ließ Janosch den Presslufthammer fallen, und beide rauchten eine
Ich hatte dann endlich die Zeit, um in Ruhe mit dem Schaufeln nachzukommen. Gerade dann fiel jedoch ein Schatten auf mich. Oben stand der Polier breitbeinig auf zwei über den Graben gelegten Bohlen und rief: *„Hä, willschd dau dein Bedd looh unnen machen? Die annann waaden schunn of deisch."* (He, willst du dein Bett da unten machen? Die anderen warten schon auf dich.).

Das waren Momente, in denen ich es bedauerte Nichtraucher zu sein. Raucherpausen monierte der Maurermeister nie. Mir stand kein Verschnaufen zu! Sollte ich mal mit einem Kantholz auf der Schulter seiner Meinung nach zu langsam über die Baustelle gegangen sein, dann brüllte der Hunsrücker Bauernsohn: *„Dau dappscht lòh rum wie'n Kalv ìnn dà Buddàmilsch."* (Du tappst da herum wie ein Kalb in der Buttermilch.)

Wollte ich die ersten Wochen auf dem Bau durchstehen, musste ich mir was einfallen lassen. Einmal, beim Fundamentgraben-Ausheben, standen Janosch und Gaetano unten in der Baugrube und schaufelten den Aushub zu zweit auf ein Transportband.
Mit dem Band wurde der Aushub aus der Grube nach oben herausgefördert. Mich stellte der Polier alleine oben an das Ende des Bandes, um das Material, das vom Band fiel, wegzuschaufeln. Natürlich war ich der Menge, die die beiden unten auf das Band schaufelten, nicht gewachsen. Ich schippte wie ein Sizilianer, aber der Schuttkegel wuchs und wuchs bis zum Band-Ende hoch. Ich rief den beiden unten in der Grube zu, sie sollten langsamer schaufeln. Doch ich war weder des Polnischen noch des Italienischen mächtig. Und demzufolge schaufelten die beiden ungebremst weiter.

In meiner Not gab es nur eine Lösung: Das Band musste gestoppt werden! Der Knopf zum Ausschalten war aber unten bei den beiden Maulwürfen. An den Knopf kam ich nicht ran. Also nahm ich kurzerhand meine Schaufel und schob sie zwischen Bandgummi und der darunter befindlichen, letzten Transportrolle. Die Schaufel verkeilte sich augenblicklich und das Band blieb stehen. Mehrere Neustartversuche der unten Schaufelnden waren vergebens. Der Polier rief den Kranführer, der was von Motoren verstand. Der startete den Zweitaktmotor mehrfach vergebens. Sein Tun war erfolglos. Meine Schippe bremste jeden Anlaufversuch. Dann soff der Motor ab. Ich konnte die Schippenbremse entfernen und in Allerseelenruhe den Schuttkegel, der sich oben am Band gebildet hatte, wegschaufeln.

Es kann sein, dass der Polier etwas von meinem Befreiungsschlag geahnt hatte. Am nächsten Tag gab es Probleme mit dem Auslegerkran. Ganz vorne, am Ende des Auslegers, war ein Drahtseil von einer der Rollen gesprungen und verkeilte sich irgendwo zwischen zwei Seilscheiben.

Der Kranführer, der normalerweise zur Behebung eines solchen Problems herangezogen wurde, wollte das reparieren. Doch der Polier meinte: „Der Praktikant kann das jetzt mal machen. Der kennt sich damit aus, wenn Rollen irgendwo mal klemmen." Er dachte wohl ich würde mich weigern in den Ausleger zu klettern. Ich würde mir das nicht zutrauen. Doch da hatte er mich unterschätzt. Als Turner hatte ich kein Problem damit in dem Krangestänge herum zu turnen, und Angst vor der Höhe hatte ich auch nicht. Also kletterte ich den Kran furchtlos hoch. Oben, 15 Meter über der Baustelle, kroch ich in dem Ausleger bis zum vorderen Ende vor, wo die Rollen waren. Dort genoss ich zuerst einmal die Aussicht über die Baustelle und die Landschaft.

Ich werkelte mit einem Stemmeisen herum, ohne irgendetwas bewirken zu wollen. Der Polier wurde ungeduldig und rief nach oben: *„Willschd dau lòh nummòh dein Bedd machen?"* (Willst du dort nochmal dein Bett machen?). Ich sagte nein, aber es wäre für nur eine Person zu schwer das Kabel auf die Scheibe zu wuchten. Er könne mir ja helfen kommen. Dieses Hilfe-gesuch ignorierte er natürlich. Und ich machte mir einen Spaß daraus ihm aus 15 m Höhe auf den Kopf zu spucken, wenn er unter dem Kran vorbeilief. Als ich ihn einmal traf, sagte er doch tatsächlich erstaunt: *„Ett kann doch bei demm Werra känn Rään gänn?"* (Es kann doch bei dem Wetter nicht regnen?).

Nach einer Weile hebelte ich dann das Kabel auf die richtige Seilscheibe zurück und stieg vom Kran herab.

Nach der Zeit bei den Maurern begann ich ein Praktikum bei den Zimmerleuten. Holz zu bearbeiten lag mir. Ich bin ja sozusagen als „Holzwurm" auf die Welt gekommen. Zimmern zu dürfen gehörte zur schönsten Zeit meiner handwerklichen Ausbildung. Im Gebälk eines Dachstuhls herumzuklettern und 7-Zoll-Nägel mit zwei Hieben der stumpfen Axtseite in die Balken zu schlagen, das schaffte ich problemlos.

Die Zimmerleute stellten mich auch auf die Probe. Ihr Auftrag hieß: Aus Tannenstämmen an einem bergbaugeschädigten Haus eine Wandabstützung zu bauen. Das bedeutete: Sechs Mann haben die zwölf Meter langen Baumstämme auf den Schultern 20 m weit heranzutragen, an einem Ende hochzuwuchten und schräg an der Hauswand aufzustellen. Mei, ging das in die Knochen! Denn ich bekam von den mehreren Zentnern wiegenden Holzstämmen eine besondere Bürde ab. Ich war größer als meine Kollegen, und wenn die durch eine Senke gingen, dann kamen sie mit ihren Schultern nicht mehr an das Holz heran. Es sei denn, ich ging in der Kniebeuge, dann lag die Last nicht mehr alleine auf mir.

Eine besondere Herausforderung war das Arbeiten im Winter. Einmal schlugen wir bei Frost ein Kirchendach auf. Es war eisig und das Klettern auf den gefrorenen Sparren war sehr gefährlich. Wenn man abgerutscht wäre, wäre man 15 Meter tiefer auf den Betonboden gestürzt.
Die geübteren Zimmerleute schickten mich Gott sei Dank nach einer Weile in die Baubude. Ich sollte dort schon einmal Feuer in einem kleinen Ofen machen, damit sie sich zur Mittagspause aufwärmen und ihr in Pergamentpapier gewickeltes Stück Lyoner auf der Ofenplatte braten konnten.
Die Aufgabe, Feuer zu machen, war ein fast aussichtsloses Unterfangen. Denn in dem Feuerraum des Ofens waren die Schamott-Steine mit Eis überzogen. Ich weiß es nicht, welcher Feuerteufel mir damals zur Seite stand, aber ich habe tatsächlich ein Feuer entfachen können und das Lyonergrillen konnte beginnen.
In meiner Praktikumszeit entwickelte ich einen Bärenhunger. Das verlangte meiner Mutter einiges ab.
Wenn es ihr im Sommer zu heiß wurde, machte sie das Küchenfenster, sowie die Küchentüre und die Haustüre weit auf, damit ein Durchzug ihr kühle Linderung brachte.
Wenn ich dann hungrig von der Arbeit kam, brüllte ich meine Verköstigungsforderung schon von der untersten Stufe der Haustreppe aus durch den Flur bis in die Küche.
Klara war dann immer sehr ärgerlich. *„Muss dann jedà wisse wann du Fressà Feijàòhwend haschd. Die Leid menne noch du grädschd nedd genuch. Dòhbei fresschd du mà noch die Hòòr vumm Kobb!"* (Muss denn jeder wissen wann du verfressener Kerl Feierabend hast. Die Leute denken noch du bekämst nicht genug. Dabei frisst du mir noch die Haare vom Kopf!). Allerdings hatte mein damaliger Appetit nicht das gleiche zur Folge wie die Mästung bei *Kaatschen* in Gresaubach. Ich wurde nicht erneut zum Wurstsack.

Das Bäumeschleppen, das Betonschaufeln und das Mauern machten zwar hungrig, doch anstatt Speck setzte ich Muskeln an.
Mein Vater wollte umbauen, und meine Erfahrungen im Baugewerbe führten dazu, dass er mir die Hauptlast der Umbauarbeiten an unserem Haus übertrug. Da war mit Urlaubsreisen nichts mehr drin. Während er seine Schichten auf dem Eisenwerk machte, musste ich wochenlang die alten Kellerdecken mit den faulen Balken herunterschlagen.
Die Holzbalken wurden durch Eisenträger ersetzt, zwischen denen man Betonfelder ausgoss. In der Hausfassade riss ich die Fenster heraus, mauerte die Öffnungen zu oder brach größere Fensteröffnungen in die Wand. Damals meinte man hohe Fenster wären nicht mehr modern. Tausendfach wurden Hausfassaden mit breiten, flachen Fenstern ausgestattet.
Also weg mit den Klappläden, den verzierten Sandsteinleibungen und Gesimsen. Rollladenkästen wurden eingebaut, denn Rollläden waren „in".
Bei manchen Fenstern hatte das zur Folge, dass außen auf der Hauswand hässliche Rollladenkästen angebracht wurden.
Die durch die Fensterumgestaltungen misshandelten Fassadenflächen wurden entweder hinter Mauerwerk vortäuschenden Bitumenschindeln oder hinter Eternit-Platten versteckt. So auch an unserer Fassade. Das einzig Gute daran war, dass die Risse, die die Grubensenkungen verursachten, hinter der Verkleidung nicht mehr zu sehen waren.
Das andere Gute an der Umbauerei war, dass jetzt das Plumpsklo hinterm Haus abgerissen und auf der neuen Beton-Träger-Kellerdecke unseres Wohnhauses ein Bad mit Toilette abgemauert werden konnte. In dem neuen Badezimmer gab es aber keine Dusche.

Der 80 Liter fassende, mannshohe, kohlebefeuerte Wasser-Beuler nahm ihr den Platz weg. Indem die Dusche fehlte, war das Bad nur ein halber Fortschritt für mich. Die Wanne war mir zu eng zum Hineinlegen. Ich wollte duschen. Hatte ich das Wasser in dem Badeofen endlich warm, stand ich – wie früher in der Zinkwanne, jetzt nur mit gesenktem Kopf – in einer Badewanne. Zum Duschen musste ich die Handbrause am Gummischlauch so lange hoch ziehen, bis er zu reißen drohte. Bei der Duschprozedur ergoss sich üblicherweise genau soviel Wasser neben, wie in die Wanne. Und damit Klara nicht schimpfte, musste ich das auch noch aufwischen. Da ging ich doch lieber samstags zum Duschen in die öffentliche Gemeindebadeanstalt zu unseren Friedrichsthaler Mitbürgern.

27 *Lustfluchten*

Wenn im Winter der Schnee ein Arbeiten auf dem Bau unmöglich machte, gab es Schlechtwettergeld. Allerdings nicht für Praktikanten. Ich freute mich trotzdem über die verdienstlose Zeit. Ich konnte morgens ausschlafen. Und das war bitter nötig, denn im Januar und Februar war doch *Faasenaachd* (Karneval) im Saarland.
In Bildstock gab es vier große Säle, in denen Maskenbälle stattfanden. Da es auch viele Vereine gab und jeder Verein seinen eigenen Maskenball veranstaltete, konnte man in der heißen Phase der Session jedes Wochenende auf einen Ball gehen. Nein, man konnte manches Mal an einem Abend gleichzeitig vier Bälle besuchen!
Meine Freunde und ich verkleideten uns notdürftig als Cowboys und nahmen uns immer vor keine Veranstaltung auszulassen. Dann hatte ich meistens vier Eintrittsstempel auf dem Handrücken.

Mit meinen Kumpels wechselte zwischen 20 Uhr 11 und dem anbrechenden Tag mehrmals die Lokalitäten.
Mein Cousin Peter betrieb meistens mehr Aufwand beim Verkleiden. Er war zwar immer hinter einem Rock her, aber er liebte es auch, sich als Frau zu verkleiden und die Kerle an der Nase herumzuführen.
Von seiner Größe und Figur her hatte er dazu gute Voraussetzungen. Für den Busen borgte er sich einen BH aus, in dem er zwei Apfelsinen platzierte. Und wie Frauen sich bewegen, wie sie reden und gestikulieren, das wusste er auch aufs Genauste. Schließlich ging er jahrelang in die einzige gemischte Buben- und Mädchenklasse unseres Ortes. Und dann studierte er auch noch als einziger männlicher Kommilitone an der Kunstschule der Mode-Design-Klasse unter lauter Studentinnen.
Als elegante Dame mit Hut und Schleier zelebrierte er unerkannt seine Maskenballauftritte.
Die Frauen und Pitt waren in der Regel nicht nur phantasievoller verkleidet als wir, sie trugen auch Masken vor dem Gesicht. Das hieß, oft wusste man nicht, wen man vor sich hatte. Wenn man mit einem Mädchen ein paar Runden getanzt hatte, kam meistens der Moment einer gewissen Wortlosigkeit. Dann musste man sich, unter dem Vorwand mal auf die Toilette zu müssen, aus dem Staub machen. Die jungen Damen erwarteten dann nämlich dass man mit ihnen an die Sektbar ging und etwas spendierte.
Da wir ja alle ziemlich klamm in den Taschen waren, rettete uns nur noch die Flucht. Wir wechselten auf die gegenüberliegende Straßenseite und warfen uns dort ins Getümmel eines anderen Balls.

Auf der Runde von Ball zu Ball galt es zu beobachten, wo sich der Einsatz lohnte. Man bekam einen guten Überblick darüber wo man vielleicht selber zu einem Barbesuch eingeladen werden könnte.

Da gab es z.B. Frauen, die etwas über dreißig waren und sich sehr geehrt fühlten, wenn sie ein junger Kerl zum Tanzen aufforderte.
Die luden ihren Tanzpartner dann als Gegenleistung gerne an die Sektbar ein. Doch auch dabei musste man wachsam sein. Denn man musste noch vor der Demaskierung wissen, ob man danach noch mit der Dame weitertrinken wollte. Wenn nicht, dann galt es rechtzeitig zur Toilette zu gehen und noch einmal über die Straße zu wechseln.

Bei Pitt lag der Sachverhalt genau umgekehrt. Vor der Demaskierung musste er als „Frau" schleunigst das Weite suchen, wenn er kein blaues Auge davontragen wollte. Bei ihm reichte es nicht, auf der Toilette nur die Maske abzunehmen.
Pitt musste nach Hause laufen und alles, was an sein kurzes Leben als Frau erinnerte, ausziehen. Danach kam er wieder zurück und berichtete uns davon, wen er an der Nase herumgeführt hatte. Und unsere Masken-Ball-Rotation ging weiter.

Natürlich wurde bei diesen Spielchen die Frauenauswahl im Laufe des Abends immer spärlicher und in dem Lokal, in dem man schon mal an der Bar war, konnte man nur hoffen, dass andere Kavaliere zum Trösten alleingelassener Damen zur Stelle waren.
Es schmerzte aber, wenn Kerle, die das nötige Geld hatten, mit einer jungen, attraktiven Dame an der Bar knutschten, der man selber zuvor nichts spendiert hatte.
So endeten unsere Maskenballrunden häufig damit, dass meine Freunde und ich im Morgengrauen mit hängendem Kopf nach Hause schwankten. Was uns aber nicht davon abhielt es immer wieder zu versuchen.

Und ganz so erfolglos waren wir dann ja doch nicht!

Einmal wollten meine Cousine Heidi und ich zusammen zum Maskenball nach Wemmetsweiler. Es hieß, dass dort im Rathaus an Fastnacht die Hölle los sein soll. Heidi war siebzehn und musste ihre Mutter noch um Zustimmung bitten. Tante Maria sagte: „Gut, in Günters Begleitung darfst du mitgehen, aber Günter muss mir versprechen, dass er dich nicht aus den Augen lässt." Meine Mutter Klara meinte dazu nur, dass Heidi eher auf mich achtgeben solle.
Cousine Inge hatte schon ein Auto und fuhr uns zum Ball. Es dauerte natürlich höchstens zehn Minuten, dann hatten wir dort die Lage sondiert.
Das hieß, jeder von uns beiden hatte jemanden erspäht, mit dem er einen Flirt beginnen wollte.
In den kommenden Minuten schielte ich, bei aller Tanzerei und Anbaggerei, doch immer auch nach meiner Cousine. Schließlich war ich fast vier Jahre älter und fühlte mich verantwortlich für ihre Unversehrtheit.
Ja, ich hätte sofort eingegriffen, hätte ich gesehen, dass sich ein Aufreißer-Typ an sie ranmachen wollte. Aber so sehr ich mir auch den Hals verrenkte, meine Heidi war bald schon nicht mehr zu sehen. In welchen Winkel hatte sie so ein Tunichtgut nur verschleppt?
Mir wurde ganz heiß bei dem Gedanken, ihre Unversehrtheit wäre aufs Höchste gefährdet. Ich konnte mich auf die eigene Absicht, meine Tanzpartnerin in einen Winkel zu verschleppen, gar nicht mehr konzentrieren.

Plötzlich tauchte Heidi auf. Sie sagte, sie wäre so ins Schwitzen gekommen, dass sie ihre Strumpfhose hätte ausziehen müssen. Dann drückte sie mir ihre Strumpfhose in die Hand und verschwand. Ich steckte ihre Hose in meine Tasche und war ratlos.
Der Spaß an dem Fastnachtsvergnügen war mir vergangen. Ich saß nur noch grübelnd an der Bar und ertränkte mein Versagen mit Bier.

Spät in der Nacht holte Inge eine fidele Heidi und einen dösenden Günter wieder ab und fuhr sie nach Hause. Heidi versicherte mir glaubhaft, dass nichts Unsittliches passiert wäre. Da fiel mir aber ein dicker Brocken vom Herzen.

Am nächsten Morgen wollte meine Mutter meine verschwitzte Fastnachtskleidung waschen. Dabei zog sie Heidis Strumpfhose aus meiner Hosentasche.

Gott, was musste ich da Überzeugungsarbeit leisten, dass alles anders war, als sie dachte.

Ja, da ist man als Unschuldshüter selber zu nichts gekommen und dann verdächtigte Klara mich noch des Vergehens an Schutzbefohlenen!

Von meinem Praktikantenlohn am Bau zwackte ich – dank Klaras illegaler Machenschaften – immer etwas Geld ab, um in Urlaub fahren zu können. Ich sparte für einen Italienurlaub. Noch mal mit dem Jugendferienwerk. Positano war das Ziel. Mit der Eisenbahn über die Schweiz nach Rom und mit dem Bus über Neapel an die Bucht von Amalfi.

Eine völlig fremde Welt erwartete mich! Es war wunderbar. Zusammen mit 10 Jugendlichen wohnte ich in einem kleinen Haus am Berghang. Von der hoch über der Küste gelegenen Hausterrasse aus konnte ich die ganze Bucht überblicken. Die schroffe Küste, die verschachtelten Häuser an den steilen Berghängen, die fremde Vegetation und das tief-blaue Meer, alles war faszinierend.

Über 300 Stufen musste man täglich zum „Spigata Fornirlo" hinunter und wieder hoch steigen. Das machte dicke Waden. Nach dem ersten Strandbesuch kletterte ich auf den Berg, der mit einer steil zum Meer abfallenden Wand hinter unserer IV.-Klasse-Casa Margherita aufragte. Ich musste einen Überblick gewinnen. Mich begeisterten die Felsen und die sich an ihnen brechenden Wellen, die Agaven, die aus den Felsen wuchsen, die gekachelten Kuppeln der Häuser und der Kirche.

Das Wasser des Kiesstrandes war kristallklar. An einer senkrechten Felswand vorbei konnte man am Horizont die Insel Capri sehen. Nach Capri, wo die blaue Grotte war, da wollte ich auch mal hin.

Nur wenige Badegäste besuchten den Strand am Steilhang unterhalb Positanos. Außer meinen Freunden und mir waren da nur noch ein Dutzend Frauen.

Am Strand hatte ich selbstverständlich meinen Zeichenblock dabei. Ich nahm Platz auf einem Strandfelsen und machte eine Bleistift-Zeichnung in der ich mich im Bild auf den Fels setzte.

Beim Zeichnen schaute mir eine Italienerin über die Schulter. Sie entsprach der dunkelgelockten Signora die in den damaligen Schlagern besungen wurde, und erinnerte mich an Gina Lollobrigida. Ich freute mich darüber, als sie sich schließlich neben mich setzte und mir zuschaute.

Am Strand von Positano

Die authentischste Zeichnung, die ich fertigte, war die eines Fischers, der zum Fang ausfuhr. Ich zeichnete ihn, als er mit seinem Segelboot ablegen wollte und seine Frau ihm, am Strand ankommend, noch einen Korb voll Essen überreichte.

Ausfahrt des Fischers

Der Kellner, der uns in unserem Bergnest bewirtete, hieß Tino. Er war nebenbei auch Fischer. Ich freundete mich mit ihm an und wir beide machten Sprachaustausch.
Das heißt, er brachte mir einen Basissatz Italienisch bei und ich ihm das Notwendigste an Deutsch, das ein Kellner kennen sollte. Tino nahm mich mit zum Octopusangeln.

Um elf Uhr abends fuhren wir hinaus aufs Meer. Am Bug von Tinos Boot war eine Karbidlampe angebracht, deren Schein die Tiere anlocken sollte.

Wir angelten mit einem an einer Nylonschnur befestigten, am unteren Ende mit kronenförmigen Widerhaken versehenen Metallstab. Auf den Metallstab hatte Tino einen Köderfisch aufgezogen. Durch Auf- und Absenken im beleuchteten Wasser lockten wir die Tintenfische an. Tatsächlich hatte auch ich Anglerglück und konnte zu Tinos Küchenvorräten etwas beitragen.

Sein Beitrag mir gegenüber lag darin, dass er mir soviel Italienisch beibrachte, dass ich nach ein paar Tagen die Frau ansprechen konnte, die wie die „Lollobrigida" aussah. In einem Mix aus Italienisch, Französisch und Deutsch sprach ich sie dann am Strand an. Ich durfte mich zu ihr auf ihre Decke setzen.

So nah bei einer „richtigen" Frau zu sitzen, machte mich ganz verlegen, zumal meine Quartiersfreunde mich beobachteten. Gut, meine Annäherungen an Frauen standen schon öfter unter Beobachtung. Das also machte mich nicht nervös. Es reizte mich aber ganz besonders, den Freunden mal zu zeigen, wie man sich an eine „Vollfrau" heranmacht.

Marina hieß die Dame. Sie war schon ein ganz anderes weibliches Wesen als die, die ich bisher kennen gelernt hatte. Sie war fast doppelt so alt wie ich. Sie kam aus Rom.
Meine Sinne waren von ihrer Schönheit wie betäubt. Ihre dunklen Locken, die cremefarbene Haut und ihr praller Busen versetzten mich in peinliche Begierde.

Mensch, was war ich scharf auf die!

So eine wie die konnte einem zeigen, wie's geht. Ich fragte sie, ob sie solo hier wäre. Sie sagte ja, ihr Mann käme erst am Wochenende aus Rom zu ihr. Ihr Mann wäre Advokat. An dem kleinen Marktplatz mit dem Brunnen, oberhalb der Kirche von Positano, besäßen sie ein Haus, in dem sie zurzeit wohne. Ihr Mann ist nicht da, die Frau wohnt alleine und hat alles an sich, von dem junge Burschen träumen. Der große, rotblonde Tedesco, der vielleicht ein Künstler war, schien ihr anscheinend zu gefallen. Also ran!

Und dann geschah das, womit ich gar nicht gerechnet hatte. Marina sagte: "Si prega di venire il Venerdì all`otto orologio nella mia casa al pozzo" (Bitte komme am Freitag um acht Uhr in mein Haus am Brunnen). Natürlich lehnte ich diese Einladung nicht ab. „Sì, va bene, sarò in tempo" (Ja, prima, ich werde pünktlich sein) sagte ich erwartungsvoll.
Noch zwei Tage bis Freitag! Der Donnerstag, der dazwischen lag, war grausam. Ich konnte nicht den ganzen Tag lang am Strand züchtig neben Marina sitzen. Dazu war ich viel zu aufgeregt. Also sagte ich zu ihr, ich hätte den deutschen Freunden versprochen mit ihnen auf den Berg zu klettern, von dem ich den schönen Ausblick auf das Meer gehabt hätte.

Das akzeptierte sie und ich verschwand. Ich setzte mich außerhalb ihrer Sichtweise irgendwo hinter die Felsen und nahm wieder meinen Zeichenblock hervor. Zum Zeichnen hatte ich jedoch keine Muse. Doch mich küsste eine andere Muse. Ich dichtete.
Und mein Gedicht lautete so:
Augen, dunkel und geheimnisvoll wie die Tiefsee
Eintauchen möchte ich in diesen Ozean gleich einem
Delphin
Haut, samten schimmernd wie das Licht am Morgen

Wäre ich die Sonne, könnte ich sie wärmen
Lachen, blendend weiß wie der frische Schnee
Adlergleich schwebte ich zu diesem Glanze
Lippen, sanft und warm wie die Abendsonne
Ein Hauch von ihnen ließe mich träumend schlafen
Haare, duftend und dunkel wie die Dämmerung des Südens
Oh wäre ich doch nur der Wind.........

Freitag. Das Haus an der Piazza del Pozzo, Nr. 11 kannte ich. Es stand neben der Eisdiele, in der wir, vom Strand kommend, unser Gelato Limone kauften. Nach dem Abendessen schlich ich mich unter dem Vorwand, noch ein Eis essen zu wollen, weg aus der Casa Margherita.
Ich kaufte tatsächlich ein großes Amaretto-Eis und begab mich an die Türe des Hauses Nr. 11. Das Eis sollte für sie sein. Mit weichen Knien klingelte ich.
Im ersten Stock über der Haustüre ging ein Fenster auf und Marina blickte auf mich herunter. Sie sagte nur: „Prima piano." Dann surrte es an der Türe und ich trat – mit dem Eis in der Hand – in den Hausflur.
Vor der Treppe zum ersten Stock blieb ich stehen. Was ist, wenn ihr Ehemann heute schon aus Rom anreist? Der hat bestimmt ein Stilett oder sogar einen Revolver in der Tasche. Italiener fuchteln doch immer mit so etwas herum. Und wie oft hatte ich schon gehört, dass in Italien Liebhaber erstochen wurden, wenn sie "in flagranti" erwischt wurden!
Panik befiel mich. Hals über Kopf stürzte ich wieder aus dem Hauseingang heraus auf die Piazza. Das Amaretto-Eis brachte ich m Sprint über den Platz, wieder zur Gelateria zurück.
Allerdings nur bis auf das Pflaster vor dem Laden!
schleunigst lief ich nochmal in der Casa Margharita zurück. Ich zitterte vor Wut über mich selbst. So nahe am Traumziel und dann aus Feigheit getürmt! Gott, wenn das jemand von den anderen Jungs heraus bekommt. Und am

Strand – wo Marina immer badet – kann ich mich auch nicht mehr sehen lassen.
Oh je! Schöne Tage in Positano!
Meine Freunde bemerkten, dass etwas mit mir nicht stimmte. Sie fragten, ob ich soviel Eis gegessen hätte, dass ich vor Kälte zittern würde.
Natürlich ahnten sie, dass ich nicht wegen eines Eises unterwegs gewesen war. Sie hatten doch die Tage zuvor neidvoll mitbekommen, dass ich mit Marina handelseinig geworden war. Jetzt sagte einer von ihnen: „Hat sie dich versetzt oder warst du zu feige?" Ich log und gab ihm zur Antwort sie hätte mich versetzt. Ich hätte sie in die Gelateria eingeladen, aber sie wäre nicht gekommen. Ich wäre noch nie feige gewesen, wenn es darum ging, eine Frau zu erobern. Und jetzt wolle ich die Treulose nicht mehr sehen.

Überzeugend muss ich bei dieser Aussage nicht gewesen sein, denn meine Freunde quittierten sie mit einem mehrstimmigen „Ho-Ho-Ho."
Samstags kam jedoch die Gelegenheit, den Zweiflern zu beweisen, dass ich nicht feige war.
In einer feudalen Villa am Südrand von Positano wurde eine exklusive Party gefeiert. Der Hausherr hatte zur Premiere des Films „La Dolce Vita" einige prominente Italiener und die Filmcrew samt Hauptdarstellerin Anita Eckberg eingeladen. Das sprach sich natürlich in Positano herum und veranlasste uns dazu, das Anwesen aufzusuchen. Wir wollten die Eckberg, die einen wahrhaft ausladenden Vorbau haben sollte, unbedingt sehen.
Vor dem Gebäude wurden wir freundlich zum Weitergehen gedrängt. Doch so einfach ließen wir uns von unserem Vorhaben nicht abbringen. Hinter dem Haus befand sich ein parkartiger Garten. Er war umgeben von einer etwa zwei Meter hohen Mauer. Der Hang, auf dem sich das freistehende Anwesen befand, fiel mit mäßiger

Neigung zum Meer hin ab. Also schlichen wir uns neben das Haus auf das unbebaute Nachbargrundstück und begaben uns zur unteren Gartenabschlussmauer der Villa. An einer günstigen Stelle reckten wir uns hoch, um über die Mauer sehen zu können.
Von dort hatten wir freien Blick auf eine großzügige Terrasse mit breiter Gartentreppe. Wir konnten sogar durch offene Fenstertüren bis in das hell erleuchtete Gebäude schauen.
Auf der Terrasse unterhielt sich eine noble Gesellschaft bei Champagner und Dolce Vita-Musik. In ihrer Mitte stand, in champagnerfarbenem, bodenlangem Kleid, die blonde Schwedin. Mit ihrer Körpergröße überragte sie fast alle Italiener. Unsere Blicke hafteten an der hell gekleideten Diva mit dem sagenhaften Dekolleté.
Nach einer Weile begab sich die Dame in das Haus und stieg innen eine geschwungene Treppe hoch.
Der Kamerad neben mir meinte: „Du bist doch kein Feigling. Würdest du dich auch an die Eckberg ran wagen?" Aufschneiderisch sagte ich: „Natürlich, die wartet doch nur auf mich." Da lachte er, und ich auch. Dann aber meinte er: „Du Feigling, dann versuche es doch!"
Hatte ich da etwas gutzumachen? Hatte meine Lüge in der Affäre mit Marina mich jetzt in Beweisnot gebracht? Ich wollte keinesfalls als Feigling gelten. Also sagte ich: „Wetten wir um einen Becher Zitroneneis von der Gelateria del Pozzo, dass ich mich an die herantraue?"
„Gut, wenn du's machst, dann bekommst du das Eis", sagte er.

Die Eckberg stand auf einer Galerie im ersten Stock des Hauses und unterhielt sich mit einem Herrn. Als ich sah, dass sie wieder die Treppe herabsteigen wollte, schwang ich mich über die Mauer und flitzte durch den Garten, über die Terrasse in das Haus und die Treppe hoch. Auf halber Treppe traf ich die Diva und stoppte meinen Sturmlauf.

Sie war wohl etwas überrascht darüber, dass ich ihr bis in das Gebäude hinein so nahekommen konnte. Trotz der Partyüberwachung! Aber die Rausschmeißer standen ja alle vor dem Haus und nicht im Garten!

Anita Eckberg wandte sich mir zu und lächelte freundlich. Ich sagte höflich: „Buona Sera Signora. Scusi, che ora è?" (Guten Abend Signora. Entschuldigung, wie viel Uhr ist es?). Sie lachte laut und antwortete: „Allora, mio ragazzo, sono le sette e un quarto.". (Nun, mein Junge, es ist viertel nach sieben). Ich bedankte mich freundlich und stürmte wieder den ganzen Weg zurück bis hinter die Gartenmauer. Diese „Heldentat" brachte mir höchste Anerkennung unter den Ferienfreunden und einen Becher Amaretto-Eis ein.

Trotz wiedergewonnenem Selbstvertrauen mied ich den „Spiaggia Fornirlo", wo Marina – jetzt vielleicht zusammen mit ihrem Mann – zu baden pflegte. Ich machte jede sich anbietende Ausflugsreise ins Umland von Positano mit. Capri mit Blauer Grotte, Paestum und Pompeji, Neapel mit Solfatera, Sorrent und Amalfi.

Und auf der Rückreise machten wir noch einen Tag lang Besichtigungs-Stopp in Rom. Ich bekam eine Menge kaputtes Mauerwerk zu sehen. Zum unbeschädigten Haus des Papstes wäre ich gerne gegangen, doch dazu reichte die Zeit nicht. Leider! So konnte ich den Herrn auch nicht fragen, ob er Klara nicht die Todsünde der Ehe mit einem Evangelischen vergeben könne.
1961 war ich also einmeterdreiundachtzig groß und hatte, breite Schultern und ließ mir schon mal einen Studentenbart wachsen. Meine Reise-Leidenschaft war nach wie vor ungebrochen.
Vor meinem Studium schaffte ich es noch einmal mit dem Jugendferienwerk nach Italien zu fahren. Nach Diano

Marina. An die Küste Liguriens. Es waren noch zwei Brüder und eine Neunzehnjährige aus dem Saarland dabei.
Das Fräulein war wenig kleiner als ich und hatte ein hübsches Gesicht. Die passt ganz gut zu mir, dachte ich, also verabredete ich mich gleich mit ihr zum Schwimmen im Meer.

Das Meerwasser am Felsstrand war wunderschön klar. Man konnte, wenn man sich traute, die Augen im Salzwasser öffnen. Eine Vielzahl von Fischen und anderen Lebewesen war so zu beobachten.

Natürlich auch meine junge Schwimmpartnerin. Das tat ich gerne beim Tauchen, von unten. Sie konnte besser tauchen als ich, doch sie machte die Augen nicht auf. Das führte dazu, dass sie mit einem Fuß in die Stacheln eines Seeigels fuhr. Schmerzgeplagt kraulte sie eilig ans Ufer und setzte sich jammernd auf die Felsen. Selbstverständlich war ich sofort zur Stelle, um ihr die Stacheln aus dem Fußballen zu ziehen.

Die Taucherin hatte ein hübsches Mädchengesicht und dazu ein Kreuz und Oberarmmuskeln wie ein Mann.
Als ich einmal den Arm um sie legte, erstaunte ich. Sie fühlte sich keineswegs weiblich weich an, sondern eher wie einer meiner Turnbrüder. Sie hatte knallharte Bizeps. Kein Wunder, dass sie besser tauchte und kraulte als ich, sie war Juniorenmeisterin des saarländischen Schwimmverbandes!
„Wie kann ich einer solchen Frau nur imponieren?
Mm besten vielleicht mit heldenhaft Taten unter Wasser? Das wird ihr imponieren, weil sie sich dort nicht mehr hin traute. Wegen der stacheligen Umgebung.", dachte ich.

Günter der Fischjäger

Ich kaufte mir umgehend eine Tauchermaske mit Schnorchel, ein Paar Flossen und eine Dreizack-Harpune.
D. h., die Harpune war eigentlich nur ein armlanges Stück dicker Draht mit Dreizack. An dem Draht waren jeweils hinten und vorne noch ein Ring angeschweißt. An dem hinteren Ring war eine Gummischlaufe befestigt.
Wenn man den Daumen durch die Schlaufe steckte, das Gummi nach vorne zog und den Zeigefinger in dem vorderen Ring einhakte, war die Harpune gespannt und eine Unterwasserwaffe.
Mit der schussbereiten Harpune und meiner Taucherausrüstung ging ich auf die Fischjagd. Das war phantastisch. Die unterschiedlichsten Fischarten, bunte Anemonen, Seesterne, Schnecken und natürlich auch die „gefährlichen" Seeigel waren glasklar zu sehen. Ich war ganz begeistert von dieser mir bislang verborgen gebliebenen Welt.
Ich ging nicht mehr einfach nur zum Schwimmen. Das überließ ich der Sportschwimmerin. Mich fand man so zu sagen nur noch unter Wasser. Wenn ich dann mal auftauchte, berichtete ich ihr, wo und wie viele Seeigel es dort am Felsstrand gab und dass auch Fische um ihre Beine herumgeschwommen wären. Damit tat ich ihr

erstaunlicherweise gar keinen Gefallen. Sie verlor die Lust am Schwimmen.
Und als ich dann noch eines Tages eine Krake harpunierte und mit dem aufgespießten Vielarmer auf dem Dreizack wie Neptun aus dem Meer stieg, flüchtete die muskelbepackte Rekordlerin. Sie vermied es in den restlichen Tagen in Ligurien an dem Küstenabschnitt aufzutauchen, wo dieser rotbärtige Neptun sein Unwesen trieb.
Gut, ich tröstete mich mit Carbonara und gegrilltem Octopus. Das genügte aber nicht. Vor lauter Enttäuschung über die verpatzte Chance, mal eine handfeste Frau zu knutschen, musste ich mir einen antrinken.
Mit den anderen beiden Kerlen ging ich in einen Laden und wir kauften uns eine Flasche Martini. Dann begaben wir uns auf das Dach unseres Hotels und leerten die Flasche.
Das Zeug schmeckte ganz gut, und wieviel Prozent Alkohol es hatte, interessierte uns nicht. Das war ein Fehler, denn am Rand des Flachdaches war nur ein halbmeterhoher Mauerrand. Nach dem Leeren der Flasche torkelten ich auf dem Dach herum und konnte von den anderen nur durch geistesgegenwärtiges Zupacken vor einem Absturz gerettet werden.

Wie viel Alkohol und benebelnde sonstige Substanzen die Italiener in dieses Markenprodukt hinein gemixt hatten, erahnte ich erst am Tag danach. Mit meinem gasgeblähten Kopf hätte ich garantiert nicht abtauchen können!
Mein Fazit war: „Diese Italiener, kochen können sie ja, aber von ihrem Martini-Wein, bekommt man einen Ballon, so groß wie die Dinger, in die sie ihre Weine abfüllen!"

28 *Vorlesungszeiten*

Da ich jahrelang nichts mehr von einem Einberufungsbefehl gehört hatte, begab ich mich vor meinem Studienbeginn zum Kreiswehrersatzamt, um nachzufragen, ob daran gedacht wurde, mich noch einzuziehen. Ich kam um fünf vor zwölf dort an.
Alle Bundeswehrbeamten hatten sich schon zum Mittagstisch abkommandiert. Nur der Bürodiener war noch anwesend. Er wollte mich wegschicken, weil schon Mittagspause sei. Ich widersprach ihm und bat ihn, nur mal in der Kartei meines Jahrgangs nachsehen zu wollen, was da über mich geschrieben stand. Er wollte nicht so recht. Daraufhin jammerte ich ihm vor, ich wäre doch extra dazu in die Stadt gekommen und hätte noch eine Bahnfahrkarte bezahlt, nur um zu wissen wann ich endlich Soldat werden würde. Ich bat ihn darum, mir nur diese eine Frage: „Werde ich in Kürze eingezogen?" mit Ja oder Nein zu beantworten.
Er ging zum Karteischrank und in den Unterlagen meines Jahrgangs fand er meine Karte nicht. Er fragte, ob ich schon einmal zurückgestellt worden sei. Ich sagte nein, aber ich wäre unabkömmlich in meiner Firma. Da ging er an die Sonderfallkartei und fand meine Karte. Er fragte, ob er meine Karte in die Jahrgangskartei zurückstecken solle. Ich sagte nein, ich wolle nicht, dass er noch wegen unautorisierter Änderung der Dokumenten-Lage disziplinarische Schwierigkeiten bekäme. Er solle meine Karte besser bei den „Unabkömmlich"-Sonderfällen steckenlassen.
Dabei war ich meiner alten Lehrfirma schon seit Jahren abkömmlich geworden. Damit war der Weg frei für mein Studium. Nur eine kleine Hürde war abermals an unserem Küchentisch zu nehmen. Ich musste meinen Vater davon überzeugen, dass ich ihm finanziell tatsächlich nicht ungebührlich zur Last fallen würde.

Und das versprach ich ihm. Ich beantragte eine Unterstützung nach dem Honnefer Modell und begann mein Studium.
Zunächst studierte ich Ingenieurbau bzw. „bei den Maulwürfen" – wie die Architekten die Tiefbauer nannten. Natürlich stand Physik, Mathematik und Statik bei diesem Studium im Vordergrund. Doch im Ingenieurbau wurde auch Freihandzeichnen unterrichtet. Etwa im dritten Semester sagte unser Dozent fürs Zeichen, der Architekt und Künstler Giörgy Lehozky, zu mir, ich sei bei den „Maulwürfen" völlig falsch aufgehoben. Weil ich so gut zeichnen könne, solle ich zu den „Künstlern" gehen und Architektur studieren. Das tat ich dann auch.
Ich wechselte die Fachrichtung und wurde Architekt.

Wie ich es meinem Vater versprochen hatte, arbeitete ich in den Semesterferien am Bau oder in der Stahlbaufirma, in der ich gelernt hatte. Meinen Lohn lieferte ich zu Hause ab. Doch nach alter Gewohnheit zweigte ich auch immer einen kleinen Betrag in meine Urlaubssparbüchse ab. Josef und Theo, beide auch aus Bildstock, studierten ebenfalls. Der eine Maschinenbau und der andere Elektrotechnik. Wir beschlossen, gemeinsam Urlaub am Mittelmeer zu machen. Doch für eine Bahnfahrt dorthin reichten unsere Mittel nicht.

Da fand sich eine Lösung. Josef (Seppel) und Theo hatten einen Pfadfinderfreund, Harald. Harald besaß ein Auto. Das wollte der uns zur Fahrt an die Côte d'azur ausleihen. Seppel kannte da einen: „prima Zeltplatz". Doch die Auto-Ausleihe hatte einen Haken. Zuvor mussten wir Haralds Auto reparieren. Also gingen wir abends im Lampenschein ans Werk. Das hieß, der Maschinenbauer und der Elektriker schraubten und ich hielt die Lampe. Da meine Arbeitsleistung nichts zählte, wurde ich dazu verpflichtet, während unseres Urlaubs die Küche zu übernehmen.

Als das Fahrzeug wieder einsatzbereit war, fuhren wir zum Zelten nach Süden. Zwei Tage benötigten Seppel und Theo für unsere Fahrt ans Meer. Ich saß nicht am Steuer, denn ich verstand nicht nur nix von Motoren, sondern hatte auch keinen Führerschein.
Auf halber Strecke schlugen wir unser Zelt in den Rasen-Rabatten am Marktplatz einer Kleinstadt auf.
Am nächsten Morgen mussten wir schleunigst das Weite suchen. Als der Marktplatz sich mit Verkaufständen füllte und ein beamteter Standgeld-Eintreiber seine Runden machte. Mit ihm näherte sich die unerbittliche Staatsmacht, die etwas gegen unser Nachtlager im Herzen der Stadt hatte.
Wir fuhren an der Rhône entlang über Avignon in die Camargue. Nicht an die traumhafte Côte d'azur!
Nein, wir landeten auf einem öden Platz neben einer Raffinerie im Rhonedelta. Auf dem „prima Zeltplatz" gab es tatsächlich außer uns noch andere Camper! Und eine Taverne, d.h.: Eine bessere Baracke mit überdachter Beton-Terrasse. Dort residierte auch der Platzeigner und Kaschemmenwirt. Kaum an dem von Seppel ausgewählten Ziel angekommen, schlugen wir keineswegs zuerst unser Zelt auf. Nein, zunächst mussten wir unsere Ankunft an der Camping-Bar einmal gründlich begießen. Mit französischem Rotwein. Nach zwei Gläsern legte der Patron des Etablissements eine Platte auf und es erklang die Musique Valse. Augenblicklich verschwand Seppel. Walzte ihm der Rouge ordinaire etwa im Kopf herum?
Wir ignorierten Seppels Befinden. Ich kommentierten sein Verschwinden mit: „Der Kerl verträgt nichts Gutes", und wir widmeten uns dem nächsten Rouge ordinaire. Das Zeltaufbauen wollten wir später machen. Das wäre ja eine geübte Sache, meinte Theo. Das könnten wir mit links machen. Wo Seppel steckte war uns ziemlich egal. Ohne seine Hilfe, schlugen wir in der Nacht unser Zelt auf und krochen hinein.

Morgens gegen acht Uhr befanden Theo und ich uns noch im Tiefschlaf. Rücksichtslos wurden wir durch geradezu unmenschliches Gelächter aufgeweckt. Wir rappelten uns stocksauer hoch.

Als wir aus unserer Behausung herausschauten, sahen wir ein Dutzend Camper, samt Seppel, vor unserem Zelt stehen. Alle lachten sich geradezu schief. Kreidebleich, nicht vor Scham, sondern wegen der Blutleere im Kopf, kroch Theo aus dem Zelt und streckte beide Daumen von den Händen weg. Seine Daumennägel waren blut-blau.

(2. Zeltaufbau!) am Mittelmeer, rechts der bleiche Theo

Ich gesellte mich zu ihm und fragte ob das vom vielen Rotwein kämme. Theo wusste keine Antwort darauf. Er jammerte nur. Seppel stand lässig vor uns. Er war völlig fit. Er sagte nur: „Dreht euch mal um!"

Und dann sahen wir warum die Camping-Fachleute gelacht hatten. Unsere Behausung stand völlig windschief da. Mit über Kreuz stehenden Zeltstangen hatten wir sie sogar zur Hälfte in einer Regenpfütze aufgebaut.

Seppel erklärte mein Zechkumpan Theo warum er blaue Daumennägel hatte. War ihm doch nicht entgangen, dass Theo sich beim Hering-Einschlagen auf jeden Daumen schlug.

Aber wo war Seppel denn die ganze Nacht? In unserem Zelt war er jedenfalls nicht. Wir fragten ihn wo er schlief und wieso er so quicklebendig sei. Er gestand, dass er abends nicht die Toilette aufsuchte, sonder beim ersten Ton der Musik die Tochter des Buden-Wirtes suchte. Er Tanzte mit ihr länger als wir soffen. Unsere erstaunte Frage wieso er wusste, dass der Wirt eine Tochter hatte, beantwortete er so: „Wegen ihr wollte ich doch wieder hierhin fahren." Josef, dieser *Schluri*!

Und dann bekam ich vor versammelter Fachschaft alles ab. Die beiden „Auto-Schrauber" sagten, ich würde nie im Leben ein guter Baumeister werden. Ich könne ja noch nicht einmal ein hundsgewöhnliches Zelt ordentlich hinstellen. Seppel gab noch eins drauf und meinte: „Wenn du das Essen auch so verhaust, dann prost Mahlzeit! Du Künstler."

In den folgenden Tagen strengte ich mich an, köstliche Bratkartoffeln mit Eiern und Speck zuzubereiten. Ganz so wie ich sie bei *Kaatschen* genossen hatte. Und als Seppel und Theo nach drei Tagen maulten, gab es ab dem vierten Tag halt solange Dosensuppe, bis die beiden sich nach Bratkartoffeln mit Eiern und Speck sehnten.

Der „Künstlerkoch"
Natürlich blieben wir nicht am Ort der Bausünde. Wir fuhren nach Saint Marie de la Mer und machten die traditionelle Zigeunerwallfahrt mit. Dann ging es weiter über Marseille und Toulon nach Hyères, wo wir noch einmal unser Zelt aufbauten. Dieses Mal gingen wir aber erst nachdem die Unterkunft stand in die Bar. Seppel und Theo waren mit den Pfadfindern ja schon einmal an der Côte gewesen und wussten, dass man zum Apéritive einen Pernot oder Pastis trinkt. Sie meinten auch, dass in dem Getränk höchstens „ein bisschen" Alkohol enthalten sei. Nach viel Alkohol stand uns auch gar nicht der Kopf. Und da man zu dem Zeug immer eine Karaffe Wasser bekam, ließ sich das „bisschen" Alkohol ja auch auf fast alkoholfrei strecken. Und ein Getränk, an dem man auf diese Weise lange hatte, kam unseren dünnen Geldbörsen doch sehr entgegen.
So gelang es uns, mit wenigen Pastis – nur zwölf Stück – einige Stunden ohne Anzeichen von Betrunkenheit in der Kneipe zu verbringen. Das war aber ein Trugschluss!

Kaum dass wir das Lokal verließen und die frische Seeluft einatmeten, schlug die Trunkenheit zu! Wir stürzten die Haustreppe hinunter auf die Straße. Dort rappelten wir uns wieder hoch und begaben uns wankend auf den Weg zu unserem Zeltplatz. Am palmengesäumten Straßenrand lagen abgeschnittene Blattwedel. Einer von uns erinnerte sich daran, dass bei der Zigeunerwallfahrt Palmenblätter als Friedenszeichen mitgeführt wurden. Also schnappte sich jeder ein gut zwei Meter langes Palmenblatt, und wir machten eine Friedensprozession bis zu unserem Zelt. (Gab es da bei mir mit 14 nicht schon mal eine Prozession in schwankendem Zustand?)

Am nächsten Tag waren wir noch mal bleichgesichtig und beschlossen auf Alkohol völlig zu verzichten. Was uns in natürlicher Abgeschiedenheit auf einer Insel gelingen sollte. Wir fuhren mit einem Boot auf die Porquerolles.

Theo, Josef, Günter,
Zu unserem Erstaunen liefen auf den Inseln alle völlig nackt herum. Wir passten uns an und zogen uns aus.

Dann suchten wir uns einen Sandhügel, hinter dem wir uns bäuchlings zur Beobachtung des Geschehens versteckten.
Wir hatten im doppelten Sinne heiße Aussichten. Einmal, weil sich vor unseren Augen, in geringem Abstand, ungeniert nackte Frauen bewegten, und zum anderen, weil uns die Sonne unbarmherzig auf die Pelle schien. Ein Teil unseres Körpers war ja kreidebleich. Es war dieses Mal nicht unser Gesicht, sondern unser alle Zeiten in der Hose vorm Sonnenlicht verborgener Popo! Als wir genug beobachtet hatten, wurde unsere Indiskretion mit Blasen auf einem pavianroten Hinterteil bestraft. Das war auch eine Form von „Rouge ordinaire"!
Auf der Tour gab es halt Schönes und Pannen. Wir hatten nach der Porquerolles-Brandmarkung nur noch pannenfreies Schönes im Sinn. Deshalb wollten wir weiter nach Cannes fahren. Dorthin, wo die wahrhaft schönen Frauen barbusig am Strand flanieren sollten. Irgendwo in der Provence gabelte sich die Landstraße, auf der wir mit unserem geliehenen Auto angebraust kamen. Seppel saß am Steuer und stritt mit Theo auf dem Beifahrersitz darüber, ob wir nach links oder rechts abbiegen sollten. Die Auseinandersetzung dauerte zu lange, denn bevor sie sich einigen konnten, rauschte der Wagen geradeaus und kam im Garten eines Restaurants zu stehen. Dabei flogen ein paar eiserne Klappstühle und ein Tisch durcheinander.

Theo sprang aus dem Wagen, warf seinen weißen Cowboyhut, den er in der Camargue gekauft hatte, in die Luft. Er rief laut: „Ole!" Der Wirt stürzte herbei und kontrollierte sofort, ob irgendetwas von seiner Einrichtung zu Bruch gegangen war.

Theos Hut

Zum Glück war alles nur durcheinandergeflogen, ohne Schaden zu nehmen, und Monsieur Gastronom rastete nicht aus. Im Gegenteil, nach dem ersten Schrecken lachte er nur kopfschüttelnd.

Ich sagte zu den beiden Steuermännern: „Das kommt davon, wenn man keine Karten lesen kann. Architekten können so etwas und wissen auch immer wo Norden und Süden ist."

Bei dem Ereignis ist zwar kein Eisenstuhl kaputtgegangen, aber ein Eisenteil an unserem Wagen. Beim Zurücksetzen aus der Gartenwirtschaft klapperte es unter dem Auto. Die beiden Reparatur-Experten stellten fest, dass der Querlenker an einem Rad gebrochen war. Das bedeutete, dass es mit unserer Fahrt zu den Schönen von Cannes aus war. Jetzt mussten wir sehen, dass wir es nach Hause schafften. Und das lag 1000 km weit weg.

Um dort anzukommen brauchten wir lange, denn wir konnten nur mit maximal 50 Stundenkilometern über die französischen Landstraßen ins Saarland zurückfahren. Autobahnen gab es damals in Frankreich noch nicht. Deshalb wechselten wir irgendwann auf die rechtsrheinische, deutsche Autobahn. Es bedeutete aber einen Umweg zu mache, was mehr Benzin kostete. Das führte wiederum dazu, dass wir bis auf fünf Mark unser gesamtes Geld für die letzte Tankfüllung ausgaben. Es sollte damit gelingen, dass das lädierte Fahrzeug es bis nach Hause schafft. Aber gelingt das den drei an Bären-Hunger leidende Jungs auch?

Als Wegzehrung waren uns nur ein viertel Pfund Butter und Salz im halbvollen Streuer geblieben. Ratlos und mit flauem Magen saßen wir abends neben der Tankstelle in unserer Karre, als sich auf der Gebäuderückseite eine Türe öffnete. Der Koch der Raststätte trat heraus und stellte eine Schüssel mit dampfendem Inhalt zum Auskühlen auf eine zur Küche führenden Treppenstufe.

Seppel war ja immer ein Fuchs, und genau wie dieser roch er förmlich, dass in der Schüssel heiße Kartoffeln dampften. Kaum dass Theo und ich das glauben konnten, sauste Seppel zur Schüssel und trug sie ins Auto. Dabei schrie er auf, weil er sich die Finger verbrannte, ließ aber das heiße Ding nicht fallen.

Danach konnte er das Steuer nicht anfassen. Also startete Theo sofort den Wagen und wir ergriffen mit unserer wahrhaft heißen Beute die Flucht.

Seppel hatte nicht nur Fingerschmerzen, er hatte auch Bauchschmerzen. Diesmal aber nicht vom Hunger, sondern weil er glaubte der Koch würde uns verfolgen. Wenn auch, der Duft von frisch gekochten Kartoffeln verdrängte unsere Ängste. Nach einigen Kilometer getrauten wir uns anzuhalten.

Es war schon dunkel und wir schlichen uns mit der nun abgekühlten Schüssel, unserem Butter und Salz in eine Parkplatz-Ecke. Wir dankten dem Koch für das unverhoffte Festmahl. Und falls er uns doch nachgereist sein sollte, wird er in der Parkplatzecke zwar keine Kartoffeln mehr vorgefunden haben, aber wenigstens seine leere Schüssel.

Unsere Ankunft zu Hause feierten wir selbstverständlich. Ein „bisschen" Alkohol war wohl auch dabei. Denn gegen Mitternacht tanzten wir, mit Leintüchern aus Beständen von Josefs Eltern über dem Kopf, auf dem Marktplatz von Bildstock herum.

Ob da jemand gedacht hatte, es wären Gespenster unterwegs?

Wie meine beiden Mechaniker mit Harald den Querlenkerschaden regelten interessierte mich nicht. Ich widmete mich wieder dem Studium der Baukunst.

In den Ferien arbeitete ich weiter an der Renovierung meines Elternhauses oder half meinem Patenonkel Karl beim Bau eines neuen Hauses.

Bei der Fahrt zu dieser Baustelle hatte ich das Pech, dass ein Motorradfahrer von hinten angerast kam und mich beim Links-Abbiegen am Arm erwischte. Ich flog 10 Meter durch die Luft und landete auf dem Asphalt.
Dank meiner turnerischen Instinkte konnte ich so reagieren, dass der Aufprall mit nur einer leichten Gehirn-Erschütterung glimpflich verlief. Doch das Ereignis war mehr, als nur ein geistfördernder Schlag auf den Hinterkopf!
Der Motorradfahrer flog weiter als ich und verletzte sich so sehr am Bein, dass er für ein paar Wochen nicht mehr arbeiten konnte. Er erhob deshalb Forderungen wegen seines Verdienstausfalls gegen mich.
Es kam zu einem Gerichtsprozess, bei dem die Schuldfrage geklärt werden sollte. Ich hatte die Hand ausgestreckt, der Motorradfahrer bestritt das.
Da der Raser einen Bekannten fand, der zu seinen Gunsten aussagte und ich keinen Zeugen hatte, verlor ich den Prozess.
Das hieß, ich wurde zur Zahlung von 4000 DM verurteilt. Es nutzte mir nichts, dass der Richter dem Motorradfahrer die Leviten las. Weil der, wie die stehen gebliebene Tachoanzeige festhielt, zu schnell gefahren war.
Vor Gericht zählt halt nicht die Wahrheit, sondern die Zahl der Zeugen, die man zur Unterstützung seiner Aussage auftreibt.
Da ich als Student keine Einkünfte hatte, wurde mir die Zahlung von 4000 DM bis nach dem Studium gestundet.
Ich war damals geschockt und hoffte mit der Zeit eine schöne, reiche Frau zu finden, die mir aus der Patsche helfen würde.
Während des Studiums bekam ich dann doch noch mehrere Einberufungsbefehle. Damals holten sie jedoch noch niemanden direkt aus den Vorlesungen heraus zum Militär. Und hatte man das 25. Lebensjahr erreicht, war man zu alt für die Landesverteidigung.

Im Februar wurde ich 25 und erst im Juli beendete ich mein Studium.
Glück gehabt, Dank der Kompensatoren der Firma Seibert.

29 Liebesreisen

Wie ich es immer geschafft hatte, sammelte sich in meinem Reisesparstrumpf so viel Geld an, dass ich noch mal eine Tour machen konnte.
Noch bevor ich meine erste Stelle in einem Architekturbüro im Saarland antrat, fuhr ich am ersten August 1966 zunächst einmal in Urlaub. Mit der Bahn nach Istrien. Es wurde mein Schicksalsurlaub, denn dort traf ich SIE! Die Frau meines Lebens!.

.......SIE!

Nicht dass sie nach reicher Tochter ausgesehen hätte. Sie war 19 und „nur" schön und freundlich. Bei mir war es Liebe auf den ersten Blick. Bei ihr hakte ich mich erst am letzten Urlaubstag in ihrem Herzen ein.
Doch es war gerade noch rechtzeitig für den Beginn einer herzlichen Liebe, die bis heute anhält.
Sie wohnte am Niederrhein, das hieß: Ich musste zunächst eine Liebes-Fernbeziehung aufbauen, die ich nur mit Telefonaten und vielseitigen Briefen am Leben erhalten konnte.
Dann verließ ich meine erste Stelle im Architekturbüro und entschloss mich, ihr näher zu kommen. Als Trittbretter benutzte ich Arbeitsstellen in Frankfurt und Düsseldorf. In Frankfurt arbeitete ich kurioserweise dann nicht als Architekt, sondern, Dank meines Ingenieurbaustudiums, als Betonbau-Konstrukteur und Statiker bei einem der größten Bauunternehmen Deutschlands
Ich verdiente ganz gut, machte mit 26 den Führerschein und kaufte mir einen gebrauchten Kleinwagen BMW 700.
Ich hatte keine Ahnung von Autos und kein Glück mit dem Auto. Seine Gangschaltung funktionierte nicht richtig.
Ich merkte das aber erst, als ich an einem Wochenende meine erste große Fahrt von Frankfurt nach Bildstock antrat.

Beim Bergauf- und Bergabfahren im Pfälzer Wald hatte ich Schwierigkeiten beim Schalten. Mit dem Wagen wurde ich zu einem Hindernis für die LKW-Fahrer. Und die zeigten mir das mit Auffahren bis an meine Stoßstange und mit Hupen wie ein Dampfer.
Das kleine, grüne Auto sah gut aus. Es war mein ganzer Stolz. Als ich trotz Schaltproblemen freitagnachmittags zu Hause ankam, bat ich meinen Vater mit mir auf eine Wiese zu fahren, um das Auto dort im Sonnenschein zu fotografieren. Bei der Fahrt bekam mein Vater schon Zweifel an der Qualität des Fahrzeugs.

Ich meinte, das Auto wäre schon okay, und nun sollte er mich neben dem BMW stehend fotografieren. Wir beide kreisten auf der Wiese im Abstand von zirka 10 Metern um das Auto herum, um den richtigen Blickwinkel zu finden.

Bei der Suche achteten wir nicht auf das Güllefahrzeug, das sich unserem Standort näherte. Es fuhr an uns vorbei und als es auf der Wiese in die Nähe meines Fahrzeugs kam, öffnete der Traktorfahrer die Schleusen. In hohem Bogen sprühte ein Gülleregen auf die Wiese. Um das Auto schnell wegzufahren war es zu spät. Wollte ich doch nicht selber in den Gülleregen geraten. So mussten wir ohnmächtig zusehen, wie unser glänzendes, grünes Fotomotiv mit hässlichen, gelb-braunen Flecken überzogen wurde.

Ja, wenn es nur die Flecken auf dem Lack gewesen wären! Nein, das ganze Auto stank auch noch bestialisch. Und am nächsten Tag wollte ich doch mein erstes Fahrzeug meiner Herzdame vorstellen!
Oswald und ich wischten die Windschutzscheibe mit Gras ab. Bei der Fahrt zur Autowaschanlage machten wir alle Autofenster und die Kofferraumklappe auf und ließen den Fahrtwind durchbrausen.
Ich wollte über Saarbrücken, durch die Eifel, an den Niederrhein zu meiner großen Liebe fahren.
Freitags abends ging ich trotz des Güllegeruchs in der Nase noch zum Turnen und abschließend mit meinen Turnbrüdern noch in das Festzelt, das auf unserem Marktplatz stand.
Nachdem die Hemden gebügelt waren, die meine Mutter mir tags zuvor gewaschen hatte, verabschiedete ich mich samstagmorgens beim Frühschoppen im Festzelt von meinen Freunden und fuhr los in Richtung Niederrhein.

Dem Auto haftete immer noch ein landwirtschaftlicher Geruch an. Ich dachte, dass der Geruch sich auf der langen Fahrt verflüchtigen würde. Mit meiner Angebeteten hatte ich den frühen Nachmittag als Ankunft ausgemacht.
Nach zwei Stunden Fahrt passierte es dann auf halber Strecke in der Eifel. Beim Schalten krachte es plötzlich im Getriebe meines BMWs und ich hielt den Schaltstock frei in der Hand. Als ich den Stock verblüfft ansah, nahm mein Auto Reißaus und wir beide landeten im Straßengraben.
Oh je, mit der Fahrt zum Niederrhein war es nun vorbei!
Mir war, bis auf einige blaue Flecken, nichts passiert, doch das Auto war kaputt. Verdammt dachte ich – und nach einem Seufzer: Alles hat auch seine gute Seite. Vielleicht sollte ich ja gar nicht mit dem stinkenden Fahrzeug bei meiner Angebeteten ankommen?
Ich holte meinen Koffer mit der Wäsche aus der Schrottkiste und begab mich in das drei Kilometer entfernte Dorf, das ich zuvor durchquert hatte. Dort gab ich einem Kfz-Werkstatt-Betreiber den Auftrag, das Auto aus dem Graben zu ziehen, auf seinen Hof zu stellen und zu verschrotten. Dann fuhr ich mit dem Bus in das etwa 15 km entfernte Gerolstein. Ich wartete auf dem Bahnsteig eine Stunde lang, bis der Zug aus Köln kam, mit dem ich wieder nach Saarbrücken zurückfahren konnte. Um 22 Uhr 20 kam ich in Saarbrücken an. Der Bummelzug nach Bildstock fuhr um 22 Uhr 35. Also verblieben mir 15 Minuten, um SIE per Telefon zu informieren, dass ich an dem Tag nicht mehr kommen würde. So etwas wie ein Handy gab es ja noch nicht, und das nächste öffentliche Telefon befand sich 100 m außerhalb des Bahnhofsgebäudes im Hauptpostamt. Mit dem schweren Koffer, in dem die frische Wäsche für Frankfurt war, und der gebügelten Hose, die ich über den Arm gehängt hatte, wollte ich nicht zum Telefon rennen. Also packte ich alles in ein Schließfach in der Bahnhofshalle.
Dann rannte ich zur Hauptpost.

Heiderose war sehr wortkarg am Telefon. Ich erklärte ihr, welches Missgeschick mich wo getroffen hatte. Sie sagte, sie hätte ab zwei Uhr mittags auf mich gewartet und hätte für mich sogar extra einen Kuchen gebacken.
Ich bat sie um vielfache Vergebung und versprach ihr, das nächste Mal mit der Bahn zu ihr zu fahren.
Sie war ziemlich verstimmt und ich befürchtete das Schlimmste, zumal ich keine lange Entschuldigungsrede halten konnte, denn der Zug nach Bildstock fuhr in wenigen Minuten ab. Und der nächste erst am kommenden Morgen um 5 Uhr.
Ich rannte um mein Leben, holte meinen Koffer aus dem Schließfach, legte die Hose über den Arm und hetzte durch die Bahnhofsunterführung ganz nach hinten zum Gleis 18. Ich stieg gerade in einen Waggon der Klasse 3 ein, als der Schaffner schon abpfiff.

Noch atemlos stand ich auf der Plattform, als der Schaffner kam und meine Fahrkarte sehen wollte. Ich hatte eine D-Zugkarte von Gerolstein bis Saarbrücken. Zum Lösen einer 3. Klasse Anschlusskarte für die paar Kilometer nach Bildstock hatte ich keine Zeit mehr gehabt. Und genau diese Karte verlangte der Schaffner.
Als er mir eine Schwarzfahrerstrafe verpassen wollte, erzählte ich ihm die ganze Odyssee beim Versuch, meine Liebste zu treffen. Er hatte ein Herz, glaubte mir alles und verkaufte mir nur eine normale Fahrkarte. Dabei fiel mir auf, dass über meinem Arm keine Hose mehr hing. Ich sagte zu dem Schaffner: „Jetzt habe ich auch noch die Hose verloren!" Der Bahner schaute an mir herunter und sagte: „Aber Sie haben doch Ihre Hose noch an." Ich erklärte ihm, dass ich die Hose über den Arm gehängt hatte und sie wohl beim Rennen durch den Tunnel verloren hätte. Daraufhin ging der freundliche Mann auf dem nächsten Bahnhof an das Bahntelefon und meldete den Verlust einer Hose im Hauptbahnhof.

Als ich kurz vor 23 Uhr in Bildstock ankam, entschloss ich mich – samt Koffer – auf alle meine Schrecken hin zuerst einmal einen trinken zu gehen.
Das wollte ich aber nicht einsam an einer Theke tun, sondern zusammen mit meinen Freunden. Im Festzelt!
Und siehe da, sie waren alle noch oder wieder da. Die schauten vielleicht, als ich noch mal mit dem Koffer vor ihnen stand. Hatte ich doch damit geprahlt zum schönsten und liebsten Mädchen der Welt an den Niederrhein zu fahren.
Ich erzählte ihnen von meinem Pech. Alle lachten, und jeder von ihnen wollte mir aus Mitgefühl ein Bier ausgeben. Schwankend machte ich mich gegen Mitternacht auf den Heimweg. Als ich unser Haus aufschloss war innen alles dunkel. Klara und Oswald lagen schon in den Betten, als ich in die Küche trat.
Ich machte Licht, stellte den Koffer ab und machte die Türe zum Schlafzimmer auf. Dann sagte ich: „Hier bin ich wieder."

Meine Eltern erschreckten sich fast zu Tode, als sie wach wurden und im Türrahmen die schwarze Silhouette eines Mannes sahen. Ganz schnell musste ich mich zu erkennen geben und sie davon überzeugen, dass ich kein Einbrecher war.
Oswald war amüsiert über die Tour mit dem BMW und mit der Bahn.
Klara tat ich wegen dem verpatzten Rendezvous sehr leid, aber sie sorgte sich auch um die neue, gute Hose, die ich verloren hatte. Ihre Sorge war unbegründet. Denn am nächsten Tag, als ich mit meinem Frische-Wäsche-Koffer mit der Bahn von Saarbrücken zu meiner Arbeit nach Frankfurt fuhr, konnte ich vorher noch meine Bügelfaltenhose im Bahn-Fundbüro abholen.

Gut, dass es Franz gab. Ich hatte ihn schon auf der Lehrbaustelle kennengelernt und danach studiert ich mit ihm zusammen meine drei Semester Ingenieurbau. Er arbeitete jetzt in Frankfurt bei der selben Baufirma wie ich. Franz wohnte in Saarbrücken, hatte ein Auto und nahm mich freitags immer samt Schmutzwäsche mit nach Hause.
Mit Franz durchkämmte ich Frankfurts gängigste Diskotheken. Mindestens zweimal pro Woche waren wir im „Arkadia-Club", wo auch amerikanische Soldaten verkehrten.

Damals führten die Amis Krieg in Vietnam, und auf den Straßen von Frankfurt wurde gegen den Krieg demonstriert. In Berlin demonstrierten die Studenten gegen Krieg, gegen Axel Springer (Bildzeitung) und gegen den Schah von Persien.
Der Student Benno Ohnesorg wurde erschossen und Rudi Dutschke angeschossen. Es formierte sich die APO, die außerparlamentarische Opposition.

Die Hippies liefen bunt gekleidet herum, als wäre permanent Karneval und propagierten die „Freie Liebe".
In Kommunen übte man sich im Partnertausch. Man „haschte", rauchte Marihuana und spritzte sich Heroin.
Ich neigte nicht dazu, bei den Demonstrationen in Frankfurt in den vorderen Reihen zu stehen. War auch nie Hippie, lebte nicht in einer Kommune, sondern in einem möblierten Zimmer. Drogen waren für mich tabu. Das hieß aber nicht, dass ich mich im Szenenviertel Sachsenhausen gelegentlich doch mit „*Äppelwoi*" abfüllte.
Meinen Protest gegen den Krieg sang ich in Jazzkellern heraus, wo ich im Kollektiv mit allen Sängern die Rote Mao-Bibel schwang. Ich besuchte abends die Englischkurse der Volkshochschule.

Mit Franz ging ich zum Schwimmen und nach unseren Sonntags-Spaziergängen ins Café zum Schwarzwälder Kirschtorte essen – weil Franz dann sein Stück Kuchen brauchte.
Wir machten uns auf zum *„Wäldchesdaach"*. Im Festzelt dieses hessischen Oktoberfestes ging es bei Bier und Blasmusik immer hoch her. Da gab es auch tiefe Einblicke in reich gefüllte Dirndl.
Und so war das auch bei Mathilde. Mit Mathilde – ich glaube sie hieß so – schunkelte ich schweißtreibend. D.h., bei ihr sammelten sich die Schweißperlen im Dekolleté. Das Lebendgewicht der Holden betrug schätzungsweise 120 Kilogramm. Deren Körpermassen schunkelten noch, als ich schon wieder nach dem Bierkrug griff. Und für einen liebesdarbenden Junggesellen wurde das Prachtstück von Frau von Bier zu Bier immer begehrenswerter.
Als sie gegen 1 Uhr nachts fragte, ob ich sie nach Hause bringen könne, sagte ich ja. Franz trank ja nie soviel wie ich und war noch einigermaßen fahrtüchtig. Wir klauten schnell zwei Bierkrüge und fuhren nach Frankfurt zurück. Irgendwo sagte Mathilde halt und fragte ob sie mich noch auf eine Tasse Kaffee in ihre Wohnung im 5. Stock einladen dürfe.
„Natürlich gerne" sagte ich und torkelte hinter deren Breitseite die Treppen hoch. Ihre Einzimmer-Bad-Wohnung war äußerst spartanisch eingerichtet. Ich setzte mich erschöpft auf einen der beiden Stühle, die am Tisch standen. Sie sagte, dass sie uns ganz schnell einen Kaffee machen wolle und verschwand im Bad. Kurz danach kam sie mit nur einem sehr dünnen Hemdchen bekleidet aus dem Bad, stellte sich vor mich und meinte: „Der Kaffee ist mir ausgegangen. Ich habe nur noch schwarzen Tee. Für den habe ich jetzt etwas Wasser aufgesetzt. Dann muss der aber noch 10 Minuten ziehen. Wir könnten uns bis dahin ja etwas die Zeit vertreiben. Wie wär's?"

Dann legte sie sich auf die feldbettartige Liege, die in der Ecke ihres Zimmers stand und forderte mich auf mich zu ihr zu setzen.
Nun, als ich sah, dass sich die Leibesfülle der Dame fast über die gesamten 80 cm der Breite der Liege ausbreitete, hoffte ich, dass die Kurtisane zusammen mit mir wirklich nur Tee trinken wollte.
Leicht schwankend stand ich auf und wollte ihr gerade mitteilen, dass ich eigentlich schwarzen Tee gar nicht mag, da fasste sie mich am Arm und zog mich zu sich. Mangels Standfestigkeit landete ich bei dem Zugriff diagonal über ihr auf der Liege.
Augenblicklich krachte das Rohrgestell samt Mathilde und mir in sich zusammen. Sie schrie gellend auf vor Schreck und Schmerz. Irgendwo hatte ein Rohr ihren Speck gequetscht. Ich war weich gefallen, blieb unverletzt und stand gleich wieder auf den Beinen.

Da lag sie nun, in den Trümmern ihres Bettes vor mir und fing so heftig an zu lachen, dass alles wieder wie beim Schunkeln wackelte. Keine Sekunde lang dachte ich daran, die 120 Kilo aus der Bettruine zu bergen oder gar noch mit Mathilde Tee zu trinken. Ich flüchtete und sah zu, dass ich nach Sachsenhausen in mein möbliertes Zimmer kam.

Dank des Autos von Franz erweiterten wir unseren Wirkungskreis bis Nürnberg, sogar bis Ruhpolding und an den Chiemsee. Besonders Bayern war ein gefährliches Pflaster für uns. Mit dem Frankfurter Autokennzeichen gehörten wir zu den „*Saupreißen*".
Alle Dementis und Hinweise darauf, dass das östliche Saarland auch mal zum Königreich Bayern gehörte und dass Hochdeutsch für Saarländer eine Fremdsprache sei, halfen uns nicht weiter. Wir mussten uns rechtzeitig von der Tenne machen, wollten wir keine Prügel beziehen.

Ganz brisant war es einmal in einer Diskothek in Nürnberg, wo ich einem Einheimischen den Abend verdarb, indem ich ihm die Tanzpartnerin ausspannte. Und die scharfe Braut bestand dann auch noch darauf, dass ich sie nach Hause brachte.

Am Chiemsee lernten wir zwei junge Frauen aus Indonesien kennen. Wir machten mit ihnen Spaziergänge im Park und am Schloss Herren-Chiemsee. Keinen einzigen bayrischen Burschen interessierte das, und uns interessierten die beiden eigentlich auch nicht wirklich. Wir testeten lediglich ihre exotische Ausstrahlung.
Ehrlich gesagt, die ganzen Testphasen, Ausflüge in die Discos und die Sonntagsspaziergänge waren nur noch Überbrückungen von Langeweile. Meine Gedanken waren bei Heiderose. Ich schrieb ihr weiterhin 12 Seiten lange Liebesbriefe und telefonierte jeden Tag nach Feierabend mit ihr. Das half mir ihre Enttäuschung über meine, nur bis in die Eifel reichende Reise zu überwinden.

Ich kaufte mir ein neues Auto. Einen Citroen Ami 6. Franz beriet mich dabei. Mit dem Auto fuhr ich nun an einem Wochenende ins Saarland, wegen der Wäsche und meines Turnvereins. An den drei anderen Wochenenden fuhr ich an den Niederrhein, der Liebe wegen.

In unserem Büro arbeitete eine Zeichnerin, Frau Kruse. Sie war jung verheiratet. Sie beobachtete mein Liebes-Management ganz genau. Sie war auch immer dabei, wenn ich mit den Kollegen mittags in die Firmenkantine zum Essen ging. Zusammen tranken wir täglich nach dem Essen noch eine Tasse Kaffee. Eines Freitags sagte sie zu mir: „Günter, es wird Zeit, dass du wieder zu deiner Heiderose kommst."

Ich fragte sie, wie sie denn darauf käme. Und sie antwortete: „Wenn du montags, nachdem du am Niederrhein warst, Kaffee trinkst, brauchst du keinen Zucker im Kaffee. Dienstags machst du dir ein Stück Zucker rein. Das steigert sich jeden Tag um ein Stück, bis du freitags vier Stück in die Tasse machst. Das ist das Zeichen, dass du wieder was Süßes brauchst und losfahren solltest."
Wie die Kruse doch so Recht hatte!

Franz ging es ähnlich. Er hatte eine Gisela in Saarbrücken. Während der Woche hielten Franz und ich es dennoch nicht in apathischer Sehnsucht versunken in unseren möblierten Zimmern aus. Obwohl aus dem Discovergnügen langsam die Luft raus war, zog es uns noch dorthin. Sonst wäre uns die Decke auf den Kopf gefallen.
Einmal waren wir zum Tanzen im Henninger Turm. Es lief wie üblich ab: Eine auswählen, mit ihr ein paar Mal oder den ganzen Abend lang tanzen, Flirt-Phrasen zu dreschen, Getränke bezahlen und sie laufen lassen. Als das Lokal um Mitternacht fast leer war, saßen Franz und ich wie tausendfach zuvor stumm und hohl im Kopf am Tisch.

Ich hörte in mich hinein und eine Stimme sagte: Wie lange willst du das denn noch so machen? Das machst du jetzt schon zehn Jahre lang, und du bist keinen Schritt weiter gekommen!
Ich erinnerte mich daran, dass ich immer noch – wie damals mit 18 im Waldhorn – ruhelos und meist enttäuscht – auf der Suche war und offenbar nichts dazu gelernt hatte.
Das sollte so nicht weiter gehen!

30 Liebeslegalisierung

Ich stellte einen Versetzungsantrag in die Niederlassung meines Arbeitgebers in Düsseldorf. Dort war ich meiner Liebsten viel näher.
Ich wohnte als Untermieter bei einer älteren Dame in deren Wohnzimmer, inklusive gemeinschaftlicher Küchen- und Badbenutzung. Ich schlief auf dem Plüschsofa der Dame. Das Sofa war von einem meterhohen Geranienwald umgeben. In dem Wohnzimmer war kaum noch Luft, sondern nur noch Geranienduft.
Ich wurde allergisch gegen diesen Geruch und kündigte das Mietverhältnis.
Bei der Kündigung fragte mich die Dame, warum ich ausziehen wollte, und ich gab als Grund ihre heißgeliebten Geranien an. Als ich abends von der Arbeit nach Hause kam, war in dem Wohnzimmer kein einziger Geranienstock mehr zu sehen. Ich dachte: „Sieh an, die Frau will, dass ich meine Kündigung rückgängig mache."
Doch dann bekam ich einen Allergie-Schock. Ich machte die Badezimmertüre auf und sah, dass der Raum bis an die Decke mit dem verhassten Grünzeug vollgestopft war! Dort hielt mich nichts mehr. Ich zog in die Dachkammer eines fünfstöckigen Gebäudes. Hier gab es fließendes kaltes Wasser zwar nur außerhalb meiner Kammer und eine Toilette ohne Bad in der Etage unter mir. Doch es gab wenigstens keine Geranien.

Die Zeit in Düsseldorf war hart, weil ich durch die Radfahr-Gerichtsentscheidung jetzt immer 500 von meinem 1200 DM Gehalt abzweigen musste. Knapp bei Kasse musste ich möglichst alle Reparaturen an meinem Auto selber machen.
Ach, hätte ich damals dem Seppel und dem Theo doch nur genauer auf die Finger geschaut!

Zur Ersatz-Reparatur des Auspuffs meines Ami 6 musste ich mich auf der Straße unter den Wagen in die gepflasterte Rinne legen. Der Dreck fiel mir ins Gesicht und ich riss mir die Hände am Blech auf.
Damals bekam ich einen regelrechten Hass auf Autos. Sie wurden bei mir nie zum Statussymbol, sondern zu nicht mehr als möglichst pannenfrei fahrenden Transportmitteln.

Im Büro des Bauunternehmens wurde ich wie ein Ausländer behandelt. Ein Kollege, der aus Bayern kam, sagte einmal im tiefsten Bayrisch zu mir: „So, du kommst aus dem Saarland, dafür sprichst du aber ganz gut Deutsch."
Ich fragte ihn zurück: „Ist deine Muttersprache etwa Tschechisch, weil du aus dem Bayrischen Wald kommst?"
Er stockte und sagte: *„I bin a Bayer und du bist ein Saarfranzos."*
Von Düsseldorf aus konnte ich schnell über den Rhein zu Heiderose rüber fahren und sie konnte mich, ohne weite Fahrten mit Vaters Auto machen zu müssen, besuchen. Ihre Eltern genehmigten uns sogar einen gemeinsamen Spanienurlaub. Selbstverständlich nur in getrennten Zimmern.
Wir buchten 2 Zimmer, doch sparsam wie wir waren, benutzten wir nur eine Bettwäsche. Ich verlobte mich ohne elterliche Zustimmung mit meinem Schatz und 1968. Ein Jahr später, als sie 21 und ich 27 war, wurde sie meine Frau.

Übrigens war die schönste vom Niederrhein zu meiner Überraschung doch eine „reiche" Frau. Als sie erfuhr, dass ich von meinen 1200 DM Gehalt monatlich 500 zur Begleichung meiner Gerichtsschulden abzahlen musste, löste sie ihren Prämiensparvertrag auf und gab mir das Geld zur Zahlung meiner Schuld. Ist das nicht Liebe?

À propos Geld: Noch vor der Überweisung an mich heirateten wir im Dezember 1968 standesamtlich.
So konnten wir die Zinsen auf die Prämie für den Sparvertrag noch am 31. Dezember zu dem günstigeren Ehepaar-Steuersatz geltend machen.
Trotz Heirat wohnten wir getrennt. Was meinen Vater dazu veranlasste zu sagen: *„Dòh hasch'de e Fahrrad, derfschd awwà noch nedd demit fahre!"*

SIE sagte „ja"

Erst im März heirateten wir kirchlich und wollten in eine gemeinsame Wohnung ziehen.
Bei de Vorbereitungen zu unserer kirchlichen Trauung ereilte mich der Religions-Wirrwarr, der mich seit meiner Kindheit begleitete, wieder. Da auf meiner Steuerkarte doch ev stand, war ich also von Staatsseiten bestätigt evangelischer Protestant..
Demnach sollten einer Heirat mit der Protestantin Heiderose keine evangelischen Hürden entgegenstehen. Und eine katholische Todsünde schon gar nicht.

Das Ehegespräch mit dem Pfarrer, ein paar Tage vor unserer Trauung, verlief harmonisch. Doch nur bis zu dem Punkt, als er sich meinen Konfirmationsspruch notieren wollte. Da ich ja nicht konfirmiert war, sondern zur Kommunion gegangen war, konnte ich ihm keinen Spruch nennen. Ich hütete mich aber davor, ihm meine Lebensgeschichte zu erzählen. Nachher traut der Kerl uns nicht. Ich sagte nur meine Eltern hätten versäumt mich konfirmieren zu lassen. Ich wäre auf jeden Fall aber einmal evangelisch getauft worden und ich würde auch seit meinem 14. Lebensjahr evangelische Kirchensteuer bezahlen.
Da meinte der Gottesmann nur: „Gut, dann müssen Sie mir aber versprechen, dass Sie sich nach der Hochzeit noch konfirmieren lassen." Dazu bin ich bis heute leider noch nicht gekommen. Doch der kirchliche Hochzeitstag im März, war für mich auch ohne Konfirmationsspruch immer eine gute Ausredenhilfe. Und zwar für das Vergessen des behördlichen Tages im Dezember. Wie wohl viele Männer, vergesse ich es meistens am Gedenktag des Eheversprechens meiner Liebsten Blumen zu schenken. Ich kann dann sage das würde man am kirchlichen Tag machen und vertröste sie auf den März berufen. (Dann würde ich's aber auch vergessen - sagt sie!)

30 Bis hier hin

Ich zog mit meiner Ehefrau in mein geliebtes Saarland. Es gefiel ihr hier, im bundesrepublikanischen Abseits. Wir bekamen zwei Töchter und im Februar 2013 unseren 1. Enkelsohn.
Ich arbeitete wieder als Architekt und war später Leiter des Amtes für Energie, Umwelt- Natur- Gewässer- und Bodenschutz meiner Landeshauptstadt.

Eigenhändig baute ich vier Jahre lang – unterstützt durch meine Turnbrüder – an unserem Eigenheim.
Mit Heiderose, oder meinen Freunden, reiste ich in die Welt. Ich malte Bilder in Aquarell, Öl und Acryl, behaute Steine zu Skulpturen, beschrieb viele Seiten Papier und verfasste dieses Gedicht:

SAARLAND

Land am Rand. – Hüben und drüben unbekannt!
Das schmerzt! – Liegst du doch in Europas Herz.

Oft geschoben – und betrogen
Immer sind Fremde über dich hinweg gezogen,
Entweder die Preußen oder die Franzosen.

Sie haben dich beschenkt – und gekränkt.
Man hat dich durchbohrt – und verbohrt, gesintert und verbrannt.

Verkannt und gedanklich ins Grau verbannt.
Wollen dich sogar auflösen – mit föderalem Getöse,

Saarland.

Dein inneres Gedärm liegt offen.
Ist in Schlammteichen ersoffen.
Dich hat es getroffen.

Du warst Kohlensturzplatz preußischer Junker.
Heinitz, Itzenplitz, Mellin, – alles ist hin.
Geblieben sind Ruinen und Bunker.

Du wurdest geschunden für Bleche.
Hast schwelende Halden und tote Bäche.
Du zahltest die Zeche.

Wurdest in Kriegen zersägt.
Bist durch Kulturen geprägt.
Und dennoch geschmäht.

Wurdest aber nie ganz besiegt,
weil Geduld überwiegt.
Die im Herzen liegt.

Saarland.

Wer dich durchwandert, sein Herz verankert,
wie die Wurzeln der Buchen, in Kohle und Sand.
In dieses Land.

Den zieht's zum Viez.
Zum Bier in lichte Wälder.
Zum Schwenken in warme Felder.

Saarland.

Du wirst nicht darben.
Wir heilen deine Narben.
Das wollte ich dir sagen.

Bildnachweis: Foto / Zeichnung von:

Einband	Zeichnung G. Diesel (s.S.161)
Seite 7 Ich 4 Monate	Foto Oswald Diesel
10 Klara u. ich;	Foto Peilstöcker, Friedr.thl.
14 Weihnachten 44;	Fotograf der Familie
16 Klara, ich, Opa;	Foto Johannes Sattler
20 Badetag;	Foto Karl Sattler
29 Rechtschutzsaal	Foto Günter Diesel
34 Absinkweiher;	Foto Oswald Diesel
45 „Pitt"	Fotograf unbek.
53 Feldpostbrief;	Foto Günter Diesel,
54 Feldpostbrief;	Foto Günter Diesel,
57 Fürsorge-Dokument;	Foto Günter Diesel
58 Kommunionkind	Fotograf unbekannt
73 Metzger	Zeichnung Günter Diesel
83 Rudi	Foto Oswald Diesel
102 Mai-Ausflug	Fotos Rolf Kern
103 Mai-Ausflug	Fotos Rolf Kern
105 Grenzsteine	Foto Günter Diesel
106 Kinderausweis	Kopie Günter Diesel
121 Turnfest	Fotograf / TV Bildstock
130 im Binsental	Foto Oswald Diesel
131 Umfeld	Zeichnung G. Diesel
132 Hochofen	Foto Kollege der Fa Seibert
133 Baustelle	Fotos Seibert/Skizze Diesel
142 Halbstarker	Foto Inge Sattler
147 an der Ostsee	Foto Günter Diesel
149 Günter 20	Fotograf unbekannt
161 Küste Positano	Zeichnung G. Diesel
162 Fischer	Zeichnung G. Diesel
170 Fischjäger	Foto Günter Diesel
174 Mittelmeercamp	Fotos Josef Schmitt
175 Künstlerkoch	Foto Josef Schmitt
176 3 am Strand	Foto Josef Schmitt
178 Hut	Fotoausschnitt. / J. Schmitt
181 Heiderose 20	Foto Günter Diesel
181 Amor	Tuschezeichnung G. Diesel
194 Heiderose 21	Foto Günter Diesel

Der Autor

Günter Diesel wurde 1941 in Friedrichsthal-Bildstock im Saarland geboren. Als Kleinkind entging er nur durch Zufall dem Bombenabwurf auf das Elterhaus seines Vaters.
Er wuchs im Elternhaus seiner Mutter auf, in dem sich auch die Schreinerei seines Großvaters und später seines Onkels befand. Der Bruder seiner Mutter wurde sozusagen sein Ersatzvater, denn seinen Vater lernte er erst mit neun Jahren kennen, als dieser aus sibirischer Gefangenschaft entlassen wurde.
Günter hat an fast allen Abenteuern, die jungen Heranwachsenden in einem dörflichen Umfeld bereitstehen, teilgenommen.
Als Saarländer wechselte er mehrmals die staatliche Zuordnung und erfuhr so häufig die Bezweifelung seiner deutschen Identität.
Er war schon als Kind begabt im Zeichnen und Malen. Nach einer Lehre als Technischer Zeichner setzte er sich gegen den Willen seines Vaters durch und studierte. Er schloss sein Studium als Diplomingenieur ab, arbeitete als Architekt und wurde später Leiter des Umwelt-Amtes der saarländischen Landeshauptstadt Saarbrücken.
Heute widmet er sich ganz der Malerei sowie dem Schreiben und engagiert sich im Vorstand des Kunst-Vereines Sulzbach der Präsentation von Kunst.

Weitere Bücher von Günter Diesel

Öko Üblich
Der Umweltschützer

Aus dem Leben eines Umweltschützers

35 Geschichten in Versform
100 Seiten / 50 Zeichnungen

GLÜHWÜRMCHEN UND LYONERRATTEN

Aus dem Leben des Kurt

8 Kurzgeschichten in rheinfränkisch-saarländischer Mundart,
mit paralleler Übersetzung ins Hochdeutsche
216Seiten / 27 Zeichnungen

KREUZSCHMERZ UND MÖBELFRUST

Kurt im Chaos der Schlafzimmerrenovierung

Auszug der hochdeutsche Version aus
Glühwürmchen und Lyonerratten

64 Seiten / 7 Zeichnungen